天宮家の王子さま

メイドのわたしの王子さま

白井ごはん・作
ひと和・絵

集英社みらい文庫

もくじ

天宮昴
三男
中2。人見知りだけど、さりげなくやさしい。
末っ子
天宮佳月
小6。天使のような少年。勉強熱心な努力家。
昴と双子
天宮真衣亜
中2。美空の親友。学校一の美少女で気が強い。
天宮北斗
次男
中3。がっしりした見た目。基本、無口でクール。
宮地美空
ミク
中2。天宮家のメイドとして奮闘中。

魚住ひまり
国民的アイドル。
昴のことが好き。

天宮銀河 長男
高1。気さくで甘い雰囲気の美少年。

中2の剣道少年。
昴のライバル。

龍宮のおばさま
美空の母のいとこで、中1まで育ててくれた。

龍宮美晴
美空のまたいとこ。

乙女さん
北斗の母。

天宮きょうだいのおじいさん
ミクを連れてきた人。

オオバさん
天宮家のメイド長。

あらすじ

わたし、宮地美空。
中2だけど、世界的大富豪・
天宮家のメイドなんだ！
4人の男の子と1人の女の子、
通称・天宮きょうだいとの
日々は、ドキドキの連続！

そして、わたしは
三男・昴さまに片想い中。

でも、天宮家には、宮地家の娘が選ぶ結婚相手が、
次期当主になるっていう『しきたり』がある。

昴さまの夢の
ために、
この恋は
叶っちゃ
いけないんだ。

11月の終わり。
双子にお母さまの
お見舞いに誘われて、
わたしも一緒に行けることに！
どんな方なんだろう。
楽しみだなあ。

双子のお母さま・星子さんは、
すごくきれいな人だった！
そして、とても楽しい人。
けど、話の流れで、
ついに双子にしきたりのことが
バレてしまい……！
さらには、龍宮のおばさまが
事故にあったという
連絡が来て!?
病院にかけつけると、
包帯を巻いたおばさまと、
その息子・美晴くんが
待っていたよ。
美晴くんを心配する
おばさまのためにも、
わたしは龍宮家に
一旦戻ることにしたんだ。
双子とはギクシャクしたまま……。
わたしは、昴さまの夢の邪魔をしないよう、
美晴くんに協力してもらって、
ある「うそ」をつくことにしたんだけど……。
つづきは本文を読んでね！

知られてはいけない

「あ、降ってきた」

わたしのつぶやきに、そっくりな顔の双子が窓の外を見た。

そろそろ冬の足音が聞こえてきそうな、深い秋の日。

冷たい雨粒が、暗くなった空をうつす窓ガラスを、ぽつぽつとたたいている。

こんにちは、宮地美空です。

ここはわたしがメイドとして働く天宮家のランドリールームだよ。

少し低い作業台には、乾いた洗濯物が山になっている。

今日は日曜日だから本当はメイドの仕事はお休みだったんだけど、ほかの使用人が急病だからお手伝い中なんだ。

「予報じゃ日が暮れてからだったのにな」

「ギリギリだったわね！」

それぞれ言うのは、わたしがメイドをしている天宮家の三男・昴さまと、その双子の妹・真衣亜さま。

空模様があやしかったから急いで洗濯物をとりこんでいたら、このふたりが手伝ってくれたんだ。

「洗濯物が濡れなくてよかったです。ありがとうございます」

すわったままぺこりと頭をさげると、昴さまが笑う。

「大げさだな。なんてことないよ。なあ真衣亜」

「せっかく乾いたんだしね」

元華族で大富豪の天宮家には五人のきょうだいがいるけど、双子とわたしは同じ中二でいちばんの仲良しなんだよ。

ふたりはそのまま洗濯物をたたむのも手伝ってくれようとしているけど、うまくたためなくて四苦八苦している。

「どうしてミクみたいにいかないのかしら」

「なんで布って直線に見えて直線じゃないんだ……」

洗濯物をたたむのは、たくさんいる使用人の仕事だもんなあ。

それぞれに首をかしげる双子にくすりと笑うと、正面にすわっている昴さまが、タオルの角を合わせながらわたしを見た。

「そういえば、美空っていつもなら日曜は休みだよな？」

「あ、はい。今日は病欠の人がいたので、臨時です」

「そうか……」

と、昴さまは顎に手をやって少し考える。

わたしのとなりの真衣亜さまとは、そっくりなのに、少しちがう顔。

男女の双子でこのふたりほど似ているのもめずらしいらしいけど。

「なにかありましたか？」

「ああ……十一月の最後の日曜日はなにか予定あるか？」

「ええと、ちょっと待ってください……」

ランドリールームの壁にはってあるのは、使用人の勤務表。

十一月の最後……は、ちゃんと休み。いまのところ、ほかの予定も特にない。

「なにもないです」

「そうか。じゃあちょっと急だけど一緒に出かけないか？」

「えっ」

わたしはびっくりして視線をもどした。昴さまは真衣亜さまに声をかける。

「真衣亜、美空も一緒でいいだろ？」

真衣亜さまは、たたんでいるシャツの形をピシッとそろえながらうなずいた。

「ええ。真衣亜もミクを誘うつもりだったし」

「どこに行くんですか？」

たずねると、昴さまは少してれたようにほほえむ。

「母さんのところ」

「えっ……いいんですか!?」

天宮家の五人のきょうだいは、双子以外母親がちがうんだけど、双子のお母さまは病気で長いこと入院しているの。

そこにわたしも!?

「うん。言ったろ、一緒に行こうって。おぼえてないのか？」

「おぼえてますけど」

でも、びっくりした！

この間、わたしたちが通う学校では文化祭があった。

お母さまはその文化祭に来られるかも……ということで、わたしも楽しみにしていたんだけど、残念ながらお会いできなかったんだよね。

当日具合が悪くなって、お医者さんの外出許可がとり消されてしまったんだって。

そのときに、こんど一緒にお見舞いに行こうと昴さまから誘われたんだ。

わたしは、もちろん！　とうなずいたよ。

大好きな双子のお母さまに、お会いしてみたかったから。

でも、お見舞いに行くのはいつになるかわからない、とも言われていた。

それが、こんなに早く実現するなんて！

「わたしがご一緒してもいいんですか？」

「じつは、母さんのほうから美空に会いたいって言ってきたんだよ。そのうち一緒に行ってもいいかって聞いたら、会いたいから次来るときに一緒に来てって」

「ミクが文化祭の写真を撮ってくれたでしょう？　先にアルバムを送ったら、お母さま、すごくよろこんでくださったの。前々から、ミクの話はしていたし……」

「そうだったんですか……！」

文化祭に来られないお母さまに、雰囲気だけでもとどけられるように、写真を撮ってお見せしたらどうかって提案したんだよね。

写真を撮るところまでは手伝ったけど、ちゃんとした反応は聞いていなかった。

よろこんでくださってよかった！

「母さんが来られなかったのは残念だったけど、いい文化祭だったよな」

「そうね。でも忙しすぎよ。来年はもっとのんびりがいいわ」

ふふ。真衣亜さまったら、もう来年の話をしてる。

たしかにわたしたちのクラスの出し物だった喫茶店は、すごく盛況だったしね。

来年かあ……来年も、同じクラスだといいなあ。

来年にはわたしたちも中学三年生。

そして、その次は高等部に進学――高校生に、なる。

まだまだ先の話なのに、なんだかもうすぐな気もして。

そうやって未来のことを考えると、胸の中でふくらむ思いがある。

「それにしても、雨が降るとなんだか寒いわね」

「そうですね。そろそろ、コートもだしておかないと」

「ねえミク、これが終わったらココアを作ってちょうだい。甘くしてね」

「はい真衣亜さま。甘めですね」

わたしのはじめての友だちで、いまでは親友の真衣亜さま。

そして……。

「昴さまもココアをお作りしますか？」

「いや、俺はいいや」

彼は、そう言ってやさしく笑った。

「ありがとうな、美空」

わたしが、ひみつの片想いをしている、昴さま。

この人たちと、ずっと一緒にいたい、って思うんだ。

それに、ふたりのお兄さまたち――長男の銀河さま、次男の北斗さま。そして弟で末っ子の佳月さま。みんなと、一緒に。

いつまでも天宮きょうだいと一緒にいられたらいいのにな、って。このまま、天宮家のメイドとして、みんなのことをサポートして暮らしていけたらなって、そう思っている。

でも……。

――わたしの、宮地家と、天宮家の『しきたり』。

このふたりは知らない、『宮地家の娘と結婚した者が天宮家の当主になる』っていう、古いしきたりのことを思いだす。

そのことが、ずっと、胸にひっかかったまま。

わたしを天宮家に連れてきた天宮のおじいさんから、お願いされたんだ。

孫の中から結婚したい相手を選んでほしいって。

その子が、天宮家の次期当主になるんだって。

もちろん断ったけど、おじいさんはあきらめていないみたい。

天宮家の当主は、世界的にとっても有名な巨大企業『TENQU』グループのトップでもある。そんな重大なことを、ただの中学生が決められるわけないのに。

なのに――前はあまり考えないようにしていたしきたりのことを、最近ふとしたときに思いだす。

それはきっと、わたしの中で昴さまへの想いが大きくなっているから。

去年のクリスマスイヴ、自覚してから、ずっと、大きくなりつづけている想い。


『昴さまのことが好き』


わたしはそれを、一生ひみつにしないといけない。

昴さまにはお医者さんになりたいっていう夢があるんだ。

お医者さんになって、お母さまの病気を治すんだって。

わたしの気持ちとしきたりは、その昴さまの夢の邪魔になる。

もしも天宮のおじいさんがわたしの気持ちを知ったら、夢をあきらめさせてでも、昴さまを次期当主にしようとすると思うから。

中学生なのに高校生レベルの勉強までして、お医者さんを目指している昴さま。その努力はだれより知っている。

だから、絶対に邪魔になりたくない。

昴さまには夢を叶えてほしい。

そして、ただのメイドでいいから、わたしも昴さまの夢を支えつづけたいって。

そう……思うんだ。

「そうだ、病院に行く前に、三人でなにか買いに行きましょうよ」

「ああ、そうだな。お見舞いになにか本が欲しいってたのまれているし、三人で別々に選んだらジャンルもバラけていいかも」

双子は楽しそうに話しあっている。

それを見ていると、わたしまで胸の中がぽかぽかあったかくなる。

だから、やっぱり絶対に、しきたりと恋心の両方とも、この人たちに知られるわけにはいかないって思う。

昴さまの夢を邪魔したくない。
双子の兄のことが大好きな真衣亜さまを、心配させたくない。
だから、きっと大丈夫。かくしとおせる。
窓の外を見ると、雨はいきおいを増していた。
暗くなる空に負けないように、遠くの街灯や建物に明るい光が灯っている。

双子のお母さま

十一月最後の日曜日はくもりだった。

遅くなると道路が混むから、って、かなり早めの時間だ。

電車で行ければいいんだけど、とリムジンのむかいにすわる昴さまが笑う。

「電車のほうが時間かかるんだよな」

「そうなんですか？」

「うん。電車だと最寄り駅まで二時間はかかる。駅から病院まではバスだし」

そう話す昴さまにもたれて、真衣亜さまはうとうとしている。

真衣亜さまのふわふわの髪が、昴さまのほおにレースみたいな繊細なかげを落とす。

窓から差す弱い朝日を浴びるふたりは、まるで絵画みたいな美しさだ。

冷たい空気から逃れるように、双子と一緒に車に乗りこんだのは早朝のこと。

そこから車で、高速道路を使って一時間半かかるらしい。

そんなに遠いところに入院してらっしゃるんだ……。

あまりお見舞いに行けないって言っていたし、さびしいよね。

そしてそれだけ、お見舞いは特別なことみたい。

昨日の夜の真衣亜さまは、どんな服を着ていくかって大騒ぎだったんだ。

昴さまの前でファッションショーもして……結局深いグリーンのジャンパースカートにしたみたい。

いつも甘いピンクが多い真衣亜さまだけど、こういう服もすごく似合ってる。

一方のわたしは、緊張のあまり「制服でもいいですか？」と言いたいのをこらえて、真衣亜さまが選んでくれたグレーのブラウスにチェックのロングスカート。

さすが真衣亜さまのセンスだけあって、すごくおしゃれにまとまっている。

髪の毛も、ゆるいみつあみにまとめてきたけど……。

「ぼさぼさになってませんよね？」

手鏡をとりだしてのぞきこむと、そのむこうで昴さまが笑った。

「何度目だよそれ」

「だって、変だったらどうしようかと思って」

「大丈夫だって。変じゃない。似合ってるよ」

「……ありがとうございます」

さらりと言われた褒め言葉から逃げるように、鏡で顔をかくす。

顔、熱い……。

すぐに赤面しちゃうの、我慢できるようになりたいな……。

鏡の中にはほおを赤くしたわたしがいる。

その胸もとでゆれるのは、星をくわえた鳥。翼には光る石。

去年のクリスマスプレゼントに昴さまからもらった、大切なネックレスだ。

わたしにとってこのネックレスはお守りみたいなもの。

好きな人からもらったものだから、っていうのももちろんあるんだけど、これをつけていると、昴さまが見ていてくれる気がして、しゃんとしようっていう気持ちになれるの。

昴さまのことを好きで、そして、すごく尊敬もしているから。

「あ、見ろよ美空」

昴さまが窓の外を指さす。

「あそこに低い山があるだろ？　中腹のあたりに建物があるのわかるか？」

「はい。あの白いのですよね？」

「そう。あれが母さんの病院。あと十五分くらいで着くよ」

車が高速道路の出口にむかう。

ぐうんとカーブを回ったとき、真衣亜さまがぱちっと目をあけた。

「もう高速おりるの？」

「ああ。真衣亜、リボンが曲がってる」

昴さまはやさしい手つきで真衣亜さまの髪のリボンを整えてあげた。

ふたりとも、にこにこしていていいなあ。

文化祭の朝、病院から電話が来たときのことを思いだした。来られるはずだったお母さまが、体調を崩して来られなくなったという連絡があったとき。

昴さまのふるえる声と、真衣亜さまの白い顔。

わたしまで胸がきゅっとなるような、あのときの空気。

しょんぼりとした双子を思いだすと、いまの、楽しみなのをかくしきれていないふたりに、わたしの顔もほころんでしまう。

「さあ、もう着きますよ」

運転手さんの言葉に昴さまが姿勢を正す。

車はうねる坂道をどんどん登り、やがて広い前庭を持つ病院にたどり着いた。

白くて大きな建物だ。

山にあるのは、病室からの景観のためらしい。

その言葉どおり、病院の入り口からふりむくと、木々の間にキラッと光る海が見えた。

「母さんの病室からだと、もっとよく見える。上の階だから」

「でもすごく遠いのよ、海」

「見えるだけすごいよ。うちのほうからだと、こうはいかない」

真衣亜さまが、うーんとのびをする。

もっとすっきり晴れていたらよかったんだけど、日が昇ってしまうと、気温は低すぎなくてちょうどいい。

もうすぐすっごく冷えるんだろうなあっていう予感のする、初冬のこの季節がわたしはきらいじゃない。

「行こう、真衣亜。美空」

わたしたちは三人それぞれ、手にお見舞いの品を持って、病院にはいった。

消毒液のような、少しすーっとするにおい。

受付に人かげはなく、全体的に薄暗くてがらんとしている。

「なんだか静かですね」

「ここは外来。日曜は休みなんだよ。入院棟はあっち」

昴さまと真衣亜さまは、なれた足どりで奥の通路にむかう。

エレベーターで上階に着くと、そこはさっきまでと打ってかわって人が多かった。

パジャマ姿の患者さんがのんびりと歩いていたり、お見舞いに来たらしい人たちが、ベンチで話をしていたりする。

みんな静かに話をしていて騒がしいわけじゃないんだけど、にぎやかな雰囲気。

昴さまは看護師さんに声をかけて受付を済ませてから、奥へと進んだ。

そしてべつのエレベーターに乗って、また上へ。

「なんだか、複雑ですね。道に迷いそうです」

「入院棟は、下の階が検査室とかになってるんだ。何回か来たらおぼえるよ」

何回か、って、また来てもいいってことだよね？

うれしいんだけど……ああ、どきどきする。また緊張してきた。

昴さまと真衣亜さまは、やがてひとつのとびらの前で立ちどまった。

ほかの病室は、とびらがあいているところもあったけど、ここはぴっちり閉まっている。

昴さまがすっと息を吸って、とびらをノックした。

それから、そっとスライドさせる。

とびらは音も立てずにあいた。

室内は、大きな窓から差しこむ明るい光で満ちていた。

壁際には本棚があって、天井までびっしりと本で埋まっている。

ソファーに、応接テーブル。

壁紙は明るいミルク色で、はいってすぐ左にはべつのとびら。洗面所のようだ。

テレビドラマくらいでしか知らないけど、病室というよりまるでホテルの客室みたい。

天宮家の関係者だから、特別病室みたいな感じなのかも。

部屋の中ほどにはついたてが立っていて、その奥には人の気配があった。

「母さん、来たよ」

とってもやさしい声で、昴さまが言う。

それに反応して、ついたてのむこうからきれいな声が流れてきた。

「昴？　真衣亜もいるの？」

「うん」

「お母さま！」

と、真衣亜さまがついたてのむこうにむかう。

「ああ、真衣亜。きれいになって」

「前に来たときと同じよ」

「いーえ。前よりももっときれいよ」

控えめだけど、弾んだ声が聞こえてくる。

昴さまもそちらへむかって、わたしから見える位置で立ちどまった。

「母さん、気分はどう？」

「今日はね、とってもいいの。ねえ、あの子は連れてこなかったの？」

お願いしたのに、と言うときの声が、真衣亜さまとよく似ている。

「美空だろ。一緒に来てるよ。こっちに呼んでもいい？」

「もちろんよ」

その言葉に、昴さまがこっちを見た。

はにかんで、わたしを手招く。

「美空」

って。すごくうれしそうに。

わたしのほうは緊張で心臓がとんでもないことになっていて、ぎくしゃくと足を動かすことしかできなかったけど。

ゆっくりと昴さまのほうにむかう。

ついたてのむこうには、ベッドがあった。

そして、そこに女の人が、半身を起こしてすわっていた。

くせのない長い髪が、ゆったりと流れている。

白い顔に、おだやかなほほえみをうかべている。

双子によく似た猫目に、ほんのりさがったまゆ。

空色のカーディガンを肩に掛けて、その人は軽く首をかしげた。

「あなたが、宮地美空さんね？」

「あっ……は、はじめまして……宮地、美空です……っ」

わたしはあわてて頭をさげた。

なんて、なんて、きれいな人なんだろう！

双子の兄である北斗さまが、きれいな人だよと言っていた。

だから、そうなんだなって思っていたはずなのに。

北斗さまのお母さまである山王乙女さんも、少女のようできれいでかわいいと思う。でも、乙女さんとはタイプがちがうというか。

乙女さんが花のような可憐さだとしたら、この人は透明な水のような美しさだ。

ただひたすらに、きれいだ。

双子のお母さまは、やさしげに笑う。

「わたしは、この子たちの母の星子です。気軽に『星子おばさん』とでも呼んでね」

「そ、そ、そんなっ」

そんな親しげに呼んだりできないよ！

顔の前で両手をぶんぶん横にふると、お母さまはくすくす笑う。

「じゃあ、『星子』でもいいですよ」

「ほしこ、さん」

「呼び捨てで」

「ええっ」

わたしがのけぞると、お母さま——星子さんは両手で顔を覆って、また笑う。

「ふ、ふふっ」

「母さん、美空をからかわないで。素直な人間なんだよ」

「ミク、本気にしなくていいわよ。お母さまってこういう人なの。冗談が好きで、お笑いとかも大好き」

「からかってないわ。でも、すごくいい反応よ、あなた」

星子さんは、わたしを見てまた少し首をかしげる。

「美空さん？　ミクさん？」

「あ、ミクって、あだ名なんです。美空の空が、くうって読めるから」

「そうなのね。じゃあ、わたしはどちらで呼ばせていただこうかしら」

そのつぶやきに、昴さまがさらりと言う。

「『ミク』でいいんじゃないかな。うちの人間もほぼそう呼んでるし」

「昴だけよね、ミクって呼ばないの。ミクって呼んでくださいって、本人が最初に言っていたのに」

「いいだろ、もうずっと美空って呼んでるんだから」

昴さまはほんのりとほおを赤くする。

星子さんはそんな昴さまを見て、それからわたしを見た。

「じゃあわたしもミクちゃんって呼ばせてもらおうかしら」

「はいっ」

昴さま、やさしいな。

わたしの「美空」は、物心つく前に亡くなってしまった、わたしのお母さんがつけてくれた名前なんだ。

わたしには両親の記憶がなくて、思い出も、なにもなくて。だから、ゆいいつもらった「美空」という名前がすごく大切なの。

大切すぎて、あまり、呼ばれたくないって思ったこともあるくらい。

昴さま以外で、そのことを知っている人はいない。

そしてそれを知る昴さまは、わたしのその大切な気持ちもわかったうえで、「美空」と呼んでくれるんだ。

そのことが、わたしはとてもうれしいの。

わたし自身と同じくらい、昴さまがわたしの名前を大切にしてくれているのが。

「昴、こちらに椅子を持ってきてくれない？　スクリーンも、ドアのほうに移動させて」

星子さんのお願いに、昴さまがてきぱきと動きだす。

真衣亜さまはベッドの両側の柵にひっかけるようにして、テーブルをかけた。

わたしは邪魔にならないように窓際によける。

大きな窓からは、さっきわたしたちがとおった高速道路らしき道や、街並みが見える。

そして、ずっと先できらきらかがやいているのは、海。

「ながめがいいだろ」

「はい。とても……」

昴さまが星子さんにお願いされて、少しだけ窓をあけて換気する。

でも、冷たい空気はよくないからって、換気が終わったらすぐに閉めていた。

お元気そうに見えるけれど、星子さんは病気なんだってわたしは心に刻む。

むりさせないように、うるさくないようにしないと。

「これはね、真衣亜が選んだの。こっちはミクで、これが昴」

「ありがとう。この間送ってもらった本も読みきってしまったからたすかるわ」

病室にはテレビがあるけど、あまり見ないんだって。

「映像を追うと、つかれてしまうのよね。ドラマも、一週間我慢するのがつらくて、見なくなっちゃった。バラエティはけっこう見るけど」

それよりもマンガや小説が好きだって星子さんは言う。

本棚も、昴さまの部屋には参考書や小説が多いけど、星子さんの本棚は半分以上がマンガみたい。

なんだか、ちょっと意外だ。

妖精みたいにかわいい真衣亜さまのお母さまは、女神さまといった感じ。

なのに、お笑いが好きで、マンガが好きで。

その意外さは、いやな意外さじゃない。

なんというか、楽しそうな人だなって感じで。

「こっちはたのまれてた新刊で、こっちは最近人気の小説」

「ミクちゃんが選んでくれたのは、ファンタジーなのね？　わたし、大好きなのよ」

「お母さま、真衣亜のはどう？」

「ミステリーなのね？　……待って、もしかしてホラーじゃないわよね？」

「真衣亜のはサスペンスだよ。バディもの、好きだろ？」

「ああ、ならよかった。大好きよ」

そうやって話しながら、お見舞いの品をテーブルに広げる。

前に送った文化祭のアルバムをめくって、思い出話をしたり。

それから、クリスマスやお正月もたくさん写真を撮って、アルバムを作る約束もした。

「そうだ、これ」

と、昴さまが小瓶をとりだす。

中にはいっているのは、砂糖と、オレンジ色の小さな花。

文化祭前に三人で作った、金木犀の砂糖漬け。

「砂糖はよかったよね？」

「ええ。ほんの少しなら」

「少しでも大丈夫。お茶とかに使ってみて」

星子さんは瓶のふたをあけて、そっと手であおいで香りをたしかめた。

甘い花の香りが、わたしのところまでとどいてくる。

「――いい香り。金木犀ね」

「うん。前に、美空が一緒に作ってくれたんだ」

「お母さま、金木犀お好きでしょう？」

「好きよ。毎年すぐに花が終わってしまうから、うれしいわ。砂糖漬けにしたのね？」

「枝を切って持ってきたらいやだと思って。美空の発案なんだ」

「あら！　すてきなアイデアをありがとうね」

「あ、わ、わたしは、思いついただけなので」

「美空はいろんなことができるんだよ。俺たちもよくたすけられてる」

「わたしのほうこそ……！」

昴さまにたすけられっぱなしだよ。

それに真衣亜さまにも。

星子さんは、ほほえんで瓶のふたを閉めた。

「ミクちゃんのことを聞いたときは、おどろいたわ」

「え……？」

「大旦那さま……おじいさまが連れてきたんでしょう？　奇跡みたいだと思ったの」

昴さまが首をかしげる。

一体なんの話をしているんだろう？

「なんで奇跡なんだ？」

「もうあきらめたかと思っていたから」

「お母さま、なにをあきらめるの？」

星子さんは、少し不思議そうに首をかしげた。

「なにをって、宮地家を見つけるのをよ」

「っ！」

おどろいて、ひゅっと喉が鳴った。

あっ、と思った。

思った瞬間、声が出なくなってしまった。

ざあっと音を立てるみたいに、血の気がひいて、頭の中が白くなる。

「『しきたり』のために、宮地家の娘さんを見つけるなんて」

「しきたり？」

待って。

だめ。

それを、言わないでください。

言いたいのに、言葉にならない。

だって、それは。

星子さんが言いかけていることは――――。

「おじいさまが言っているでしょう？　宮地の子が選んだ孫を次期当主にするって。あの方は、あなたたちのお父さまのときもそうだったのよ」

双子がおどろいたようにこちらを見た。

星子さんは手もとの金木犀を見ていて、わたしに気づいていない。

「宮地の子が選んだ天宮の子が……宮地家の娘と結婚する相手が、天宮家の当主になるなんて、古いしきたりよね。お父さま――陽太さんはそれをくだらないとおっしゃっていたけど……そもそもあの人には兄弟もいないし。それでも、おじいさまは行方のわからなくなってしまった宮地家をさがしつづけていたわ」

執念よね、と星子さんは言う。

「でも、そんなことは気にしなくていいんだから。三人とも、おじいさまのことで困ったら、わたしにでも、お父さまにでも相談してね」

ぱっと、明るく星子さんが言う。

それから、「どうしたの？」と言った。

わたしは、顔をあげられない。

昴さまも、真衣亜さまも、なにも言わない。

どうしよう。

どうしよう、どうしよう……。

言葉が出ない。

そんなわたしにやっと気づいて、星子さんが口を手で覆った。

あせったようにベッドから身を乗りだす。

「いやだ、ごめんなさい。もしかして知らなかったの？」

「あ、の……」

「大旦那さまが連れてきた子だと聞いていたから、あなたたちも知らされているものだとばかり……本当に本当にごめんなさい！」

本当にあせってあわてている星子さんに、わたしは首をふる。

「大丈夫、です」

双子は、わたしのことをメイドだとは言っていなかったみたい。

天宮のおじいさんが連れてきて、一緒に暮らしている子だって、それだけ。

だから、星子さんは、双子も当然その理由を知っているんだと思ったらしい。

天宮家と宮地家の、しきたりのことを。

「ねえミク、しきたりってなんのこと？　お母さまはなんの話をしているの？」

「美空は知っているのか？」

困惑した様子の双子にたずねられて、わたしは一歩だけあとずさった。

「ええと……その……しきたり、は……」

しきたり。しきたりって、なんなんだろう。

なんと言えば、いいんだろう。

なんと言えば、双子にわかってもらえる？

……正直に、話すしかない。

わたしは顔をあげた。

三人の顔を、まっすぐに見る。

「天宮家には、古いしきたりがあるんです。それは、宮地家の子と結婚した者が、天宮家の当主になれるというもの。でも宮地家は、天宮のおじいさんの代で、行方不明になってしまったらしくて。だからおじいさんはさがしていたんだって言っていました」

古い、しきたり。

いなくなってしまった、婚約者。

そして、その先を。

「美空に、当主の決定権が……？」

「……わたしは、お断りしました。でもおじいさんは、急がなくていいから考えてみてくれって。結婚はしなくてもいい。むり強いはしないともおっしゃっていたけど……」

「それって例えば、もしもミクが昴を選んだら、昴はミクと結婚して天宮家の次期当主になるってこと!?」

真衣亜さまの言葉に、昴さまがおどろいたように声をあげた。

「美空が、俺を……?」

「だってそうでしょう？　そういうことよね？」

「それは……」

昴さまがわたしを見た。

とまどった、困ったような表情。

あ、と思う。

わたしはたぶん心のどこかで、昴さまはしきたりのことを知ってもあまり気にしないんじゃないか、って思っていた。

じいちゃんも変なこと考えるなあってあきれたり、ちょっぴり怒ったりするくらいなんじゃないかって。期待してしまっていたんだ。

でもいま目の前の昴さまは、明らかにおどろいて、とまどっている。

彼の目は、それは困る、と言っている。

当主になることか、わたしと結婚することか——あるいは、その両方。

当たり前だ。昴さまの夢はお医者さんになることなんだから。

知っていたことだ。わたしのこの気持ちは、昴さまにとって迷惑にしかならないって。

たとえわたしが選ばなくても、もしもおじいさんにわたしの恋心を知られたら、昴さまは次期当主に指名されるかもしれないんだから。

昴さまと真衣亜さまの混乱が伝わってくる。

星子さんは、心配そう。

「あ、でも、ミクちゃん以外でもいいのよね？　宮地家の方なら……」

星子さんの言葉に、わたしは首を横にふる。

「——わたしの名前は宮地美空。お父さんとお母さんは、わたしが物心つく前に死にました。わたしは施設で育って、龍宮家のおばさまたち以外に、親戚もいない」

わたしをむかえに来た、映画俳優みたいなおじいさん。

あの日、わたしの運命はかわった。

「わたしは、宮地家の、最後の生き残りなんです」

それとも、かわっていた運命が元にもどったのだろうか。

静まりかえった室内に、電話の音がひびいた。

星子さんがミニテーブルにある電話に手をのばす。

「――はい。えっ？　……はい、はい、すぐに！」

どうしたんだろう、あわてているみたい。

そう思った瞬間、星子さんがわたしを手招いた。

「ミクちゃん、あなたによ。外線――天宮のお屋敷の、オオバさんから」

オオバさんは、天宮家の使用人頭のおばさんだ。

でも、なんでわたしに用なのに病院にわざわざ……あ、そうか。病院にはいるときにスマホの電源はいちおう切ってしまったから……。

「はい、美空です」

『ああ、ミクちゃん！　よかった、つかまった』

オオバさんは、とてもあわてているみたい。

どうしたんだろう？

「あの……」

『落ちついて聞いてね。すぐにそこを出る準備をしてちょうだい。タクシーを病院の玄関に呼んであるから。行き先も伝えてあるし、お金の心配もいらないからね』

「え、え……？」

なんの話？　とまどっているわたしに言い聞かせるように、オオバさんがはっきりとした声で言う。

『落ちついて聞いてちょうだい。ミクちゃんのおばさんが事故にあったらしいの。さっき龍宮家の方から連絡があって、病院に来てほしいって』

目の前が、真っ暗になった。

「龍宮……おばさまが、事故……？」

ふらりとよろけたわたしの肩を、星子さんの痩せた手が強くだきよせる。

「真衣亜、この子の上着をとって。昴、この子を下の玄関まで送って」

それから星子さんは、わたしのほおを両手ではさんだ。

「ごめんなさいミクちゃん。こんなときに、こんなことを……大丈夫。大丈夫だからね」

ああ、心配させてしまっている。星子さんは病気なのに。

「星子さん、わたし……すみません、こんな、」

「あなたがあやまることじゃない。なにも考えなくていいわ。さ、行って！」

わたしはうなずいて、頭をさげてから病室を飛びだした。

おばさまが。

わたしを育ててくれた、もうひとりのお母さんが、事故なんて。

おばさまの怪我

「おばさま！」

飛びこんだ病室で、わたしの育ての親である龍宮のおばさまは、くったりと目を閉じていた。

頭には包帯。点滴の管がのびていて、腕につながっている。

「おばさま、おばさま……」

おろおろと声をあげるわたしに反応したように、おばさまのまつげがふるえて、閉じていた目がひらいた。

「――――病院で、そんなに大きな声をだすものではありませんよ」

いつもよりも弱い、けれどしっかりとした声に、目の前がぼやける。

「おばさま……っ」

「そんな顔をしなくても、死にはしませんよ」

おばさまは苦笑した様子で、わたしのことを手招いた。

「おしゃれをして、どこかお出かけだったのでしょう？　ごめんなさいね」

「いいえ、いいえ……！」

わたしの手に、おばさまの、点滴のつながっていないほうの手がふれた。

いつもはひんやりとしている手が、今日はあたたかい。

生きてる。

よかった……本当に、よかった……。

そのとき、背後で物音がした。

ふりむくと、背の高い男の子が病室にはいってくるところ。

おばさまの息子で、わたしにとっても親戚の美晴くんだ。

「美晴くん」

「美空？」

美晴くんは、わたしを見てのんびりとつぶやいた。

「来たんだ」

「来るよ。だって美晴くんが電話してくれたんだよね？」

連絡をくれた龍宮家の人って、おばさまじゃなければ美晴くんしかいない。おじさまは海外のはずだし。

「まあいちおうね。俺も病院から連絡もらっておどろいたし……でも、元気そうでしょ」

さっぱりとした言葉に、わたしは涙をぬぐう。

美晴くんとしゃべるのはとっても久しぶりだったけど、ちゃんとしゃべれた。

「元気じゃないよ。点滴してるし……」

「いま医者の話を聞かされてきたけど、骨が何か所か折れてたりするからしばらく入院が必要なだけで、命に別状はないってさ」

わたしは少しだけ胸をなでおろす。

「よかった……」

でも、骨折しているんだ。

頭の包帯も気になるし……。

「事故って、車？」

「歩道に車がつっこんできたんだって。その人がぐったりしてるのは、怪我とかよりもさっきまで警察に事情聴取されてたから」

そうなんだ。

こんなに怪我をしているのに、話もしないといけないなんて大変だったにちがいない。事情聴取も、もっと待ってくれればいいのに。

「おじさまには？」

おばさまの夫で美晴くんのお父さん。龍宮のおじさまは、世界中を飛びまわるカメラマンなんだ。

美晴くんは肩をすくめる。

「いまは電話もネットも通じない場所にいるって言ってたし、どうせ年末には帰ってくるから呼びもどさなくていいって。とりあえずメールだけしといたけど」

「世話が必要な人間が増えるだけですからね」

それまでだまっていたおばさまが、ぴしゃりと言った。

「それよりいまは美晴さんのことです」

美晴くんはまた肩をすくめて見せる。

「適当にするよ。中二だし、ひとり暮らしくらい平気」

「いけません。あなたはすぐになにも食べないでゲームばかりするから……」

おばさまはため息を吐く。

「わたくしの着替えを持って来てもらいたいし、入院中はお手伝いさんを雇おうかと思っているんだけど、なにしろ急なことで」

「いいって、そんなこと考えなくて」

美晴くんの声が、ほんの少しだけいらだちを帯びる。

「着替えくらい俺がとどけるし」

「美晴さんには難しいでしょう。ひとりですしね」

「それは……」

「それなら、わたしも手伝います……！　しばらく、龍宮のおうちにもどります！」

美晴くんは、おばさまに休んでほしいんだ。

それに気づいたわたしは、思わずそう言った。

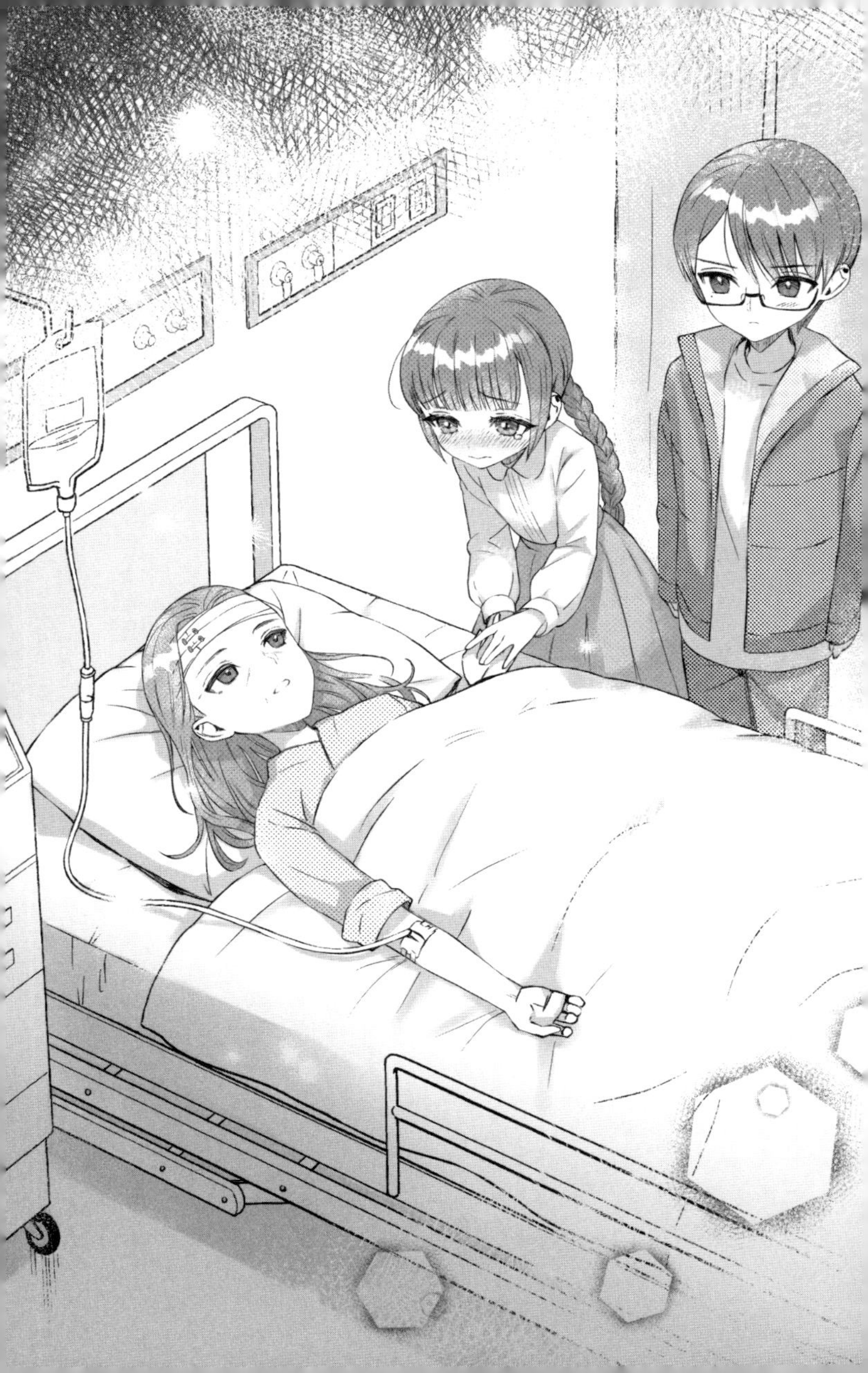

「それはありがたいけど、美空さんは学校が遠いでしょう」

「龍宮のおうちからも、電車とバスを使えば通えます」

メイドの仕事も、こんな事態なら休ませてもらえるはず。

それに美晴くんをひとりにしておけないのには、同意しかない。

だって、美晴くんの手がふるえていることに気づいてしまったんだ。

マイペースでいつもどおりをよそおっているけど、お母さんが事故にあって、なにも感じていないはずがない。

心配と、安堵と、不安と。

中二とはいえ、ひとりで暮らすのは大変だし、病院に通うのだって大変。

おじさまが留守がちな龍宮家には、しっかりとした防犯設備もはいっているけど、ひとりだと心細いよね。それに、なにかあったら大変だし。

おばさまは少し迷うそぶりを見せたけど、うなずいてくれた。

「じゃあ……お願いしようかしら。いいですね、美晴さん？」

「どうでも」

「まったくもう……」

とりあえず、おばさまの着替えや入院に必要なものを用意するために、いったん龍宮のおうちに行くことにしたよ。

美晴くんとふたりで、バス停から家まで歩く。

小学生のころはよく歩いた道も、もうかなり久しぶり。

天宮のおじいさんと出会ったのも、この道だったなあ。

天宮家のことを考えると、頭の中が重くしびれたようになる。

病気の星子さんに心配させてしまったし、気を遣わせてしまった。

それに、真衣亜さまと……昴さまは……。

いけない。いまは、おばさまのこと！

「美晴くん、お昼はなにか食べた？」

「まだ」

「買い物してから帰ろうか。晩ごはんのことも……食べたいもの、ある？」

「なんでもいい」

って言う美晴くんは、本当になんでもいいんだろうなあ。

天宮家のきょうだいなら、あれがいいとか、あれはいやだとか、いろいろとリクエストがあるんだけど……。

「わたし、病院に荷物をとどけたら天宮家に帰ってくる。こっちにいるなら、わたしも着替えとかいろいろ必要だし、報告もしたいし……」

そう言うと、美晴くんは立ちどまってこっちを見た。

おばさまに似た、キリッとした顔つき。

でも、身長が高いところはおじさまに似ている。

「べつに俺ひとりでいいけど」

「え、だめだよ」

「なんで。こっちがいやだからあっちに行ったんだろ？」

その言葉に、どきっとした。

「美晴くんがいやだったわけじゃないし」

「ふうん」

「それに、もうおばさまと約束したし」

「母さんだって、むりにとは言わないって」

「そんなこと言って、わたしが行かなかったらゲームばっかりする気でしょう」

「…………」

「おばさまから、夜更かししたりしないように見張ってってたのまれたんだからね」

美晴くんは視線をそらして、また歩きだす。

こんなに話すのも、久しぶりだ。

小学校高学年になってから、美晴くんとはほとんどしゃべらなくなっていたから。

わたしも美晴くんも、どちらかというと無口で聞き役なタイプ。

それにあのころは、わたしもいろいろと悩んでいたし……おばさまと打ち解けたのも、まだ最近の話だし。

美晴くんは空を見て、小さく息を吐いた。

「……っつーか、そんな押し強かったっけ。いつの間にか母さんそっくりじゃん」

美晴くんがぼやく。

わたしが思わず笑うと、美晴くんはぼそりとつぶやいた。

「なんか、笑うようになってるし」

「そう？　いや？」

「いーんじゃない」

「美晴くんは、すごく背がのびたよね。わたしより小さかったのに」

「成長痛、やばかった。もう骨がばきばきいってさ。めっちゃ泣いた」

「え、そんなに？」

「うそ」

「ええっ！　もう！」

美晴くんが喉の奥で笑う。

その横顔は、なんだかうれしそう。

そういえば、小さいころはよく美晴くんの冗談を本気にして笑われたっけ。

わたしは、どうしてそんなに冗談ばかり言うのかわからなかった。

そんなわたしに、なんで美空は笑わないのって、美晴くんは文句を言っていた。

そんなことを言われても、自分でもどうしようもなくて……。

天宮家で暮らしはじめたころまで、わたしには表情をだせないという悩みがあった。

心を閉ざすみたいに、だれに対してもかたくなになって。

笑えるようになったのも、素直に言葉をだせるようになったのも、天宮きょうだいのおかげだ。

「……美空」

「なに？」

「まじで、めんどかったら俺ひとりでいいからね。気になるならたまに見に来ればいいし。母さんから金預かってるから、コンビニでめし買うし」

美晴くん、わたしに気を遣ってくれているんだ。

小さいころの冗談も、きっと同じ。美晴くんなりの気遣いだったんだね。

いまならはっきりとわかるよ。

「ううん。わたし、やりたいんだ」

静かに言うと、美晴くんはそれ以上なにも言わなかった。

お昼ごはんを作って食べて、おばさまの着替えを準備して。それをとどけに病院にもどる美晴くんとわかれて、わたしは天宮家にむかった。

わたしにおばさまのことを知らせてくれたオオバさんに、状況を説明するため。

それに、わたしの着替えとかも必要だから。

「――で、入院は必要だけど、命に別状はないそうです」

報告すると、オオバさんはほっとした様子になった。

「ああ、よかった。さっきニュースにもなっていてね、みんなで心配していたんだよ」

ニュースになるような大きな事故だったんだ……歩道に車がつっこんだって言っていたもんね……。

本当に、おばさまが無事でよかった。

「それで、しばらく龍宮家にもどりたいと思っていて……」

「ああ、そうだね。龍宮さんもそれが安心だろう。こっちのことは気にしなくていいから、あちらのおうちを手伝っておいで」

「ありがとうございます……！」

「なにかあれば遠慮なくたよるんだよ」

「はいっ」

「坊ちゃんがたも、心配していたよ」

オオバさんはそう言って、視線を天井にむけた。

「……あの、昴さまと真衣亜さまは」

「うん？　ああ、もうおもどりになっているよ。お部屋にいらっしゃるはず」

「そうですか……」

二階の奥にある自分の部屋にむかうと、とちゅうで銀河さまと北斗さま、そして佳月さまに出会った。

「ミク、あの……大丈夫だった？」

真っ先にそうたずねてくれたのは、佳月さま。

おばさまはこの間の文化祭で、天宮きょうだいとも会っているんだ。

わたしは、こくんとうなずく。

「はい。しばらく入院が必要そうですが」

「そうなんだ……！」

「心配だな。お見舞いに行くとかえって気を遣わせるし」

「なにか贈るか。もう少し落ちついてからがいいだろうが」

銀河さま、北斗さまが言う。

「ありがとうございます。でも、お気持ちだけで大丈夫です。おばさまもそうおっしゃるかと」

「似てるんだよね、そういうところも」

「ミクの育ての親だからな」

「それにしても、こんなに早く帰ってきてよかったの？」

きょうだいの顔は心配そう。

「あの……しばらく、龍宮家にもどることにしたんです」

「ああ……」

銀河さまがうなずいた。

「そうか。そうだね、入院となるといろいろお世話もあるだろうし」

「じゃあ、ミクとはしばらく会えないってこと？　学校はどうするの？」

「龍宮の家からも、電車とバスで通えるので」

「それじゃあ、大変だよ！　僕が車でむかえに行く！」

末っ子の佳月さまの言うことに、銀河さまがあきれたように息を吐く。

「車を運転するのは佳月じゃないだろ。それに、初等部と中等部じゃ時間が合わない」

「じゃあ、銀河兄さんが行ってよ！」

「そうしたいけど、高等部も時間が合わない。北斗は――」

「部活があるから、朝が早すぎる。昴もだな」

「それもそうか。ごめんねミクちゃん。真衣亜ならいいと思うけど、あの子は早起きが苦手だからなあ」

「それが……」

わたしは、小さくつぶやく。

「……しきたりのことを、お母さまがふたりに話してしまって……」

「「えっ」」

「しきたりって？」

おどろいたのは、上のふたり。

首をかしげたのは佳月さま。

銀河さまと北斗さまは、いろいろあってしきたりのことを知っているんだ。

「話したって……あ、あー……そうか……親世代は名前でわかるのか」

「星子おばさんは、双子が知らないことを知らなかったんだな？」

「はい……」

「ねえ、しきたりってなんの話なの？」

わたしは佳月さまを見る。

双子にまで知られてしまったら、もう、だまっていることはできない。

でも、いまこの場で話すのは……。

わたしの葛藤に気づいたのか、銀河さまがそっと佳月さまを制した。

「……ミクちゃん、後から僕と北斗が説明しておくよ。きみは今日いろんなことがあったんだから」

「ああ。あまりかかえこみすぎるなよ」

「はい。……ありがとうございます。すみません、佳月さま」

「いいけど……ねえ、ミク。むりしないでね」

佳月さまにほほえんで、銀河さまと北斗さまに頭をさげて、自分の部屋にはいる。

オオバさんが貸してくれた大きなキャリーケースに、着替えや、いろいろと必要そうなものを詰めこんでゆく。

今朝は、いつもより早くに起きて、遠くの病院まで行って、昴さまと真衣亜さまのお母さまに会って。

そして、しきたりのことを、双子に知られてしまって……。

それから、おばさまの事故。

龍宮家にも行った。そして、これからまた。

いろんなことが起こりすぎて、頭がぼーっとする。

はっとしたのは、なじんだ服を手にとりそうになったから。

――メイド服は、いらないのに。

ハンガーに掛けられたそれを、ぼんやりと見つめる。

天宮家の、メイド服。クラシカルな黒いワンピースと、白いエプロン。

ここに帰ってくるのは、いつになるだろう。

そもそも、帰ってこられるのかな。

おばさまのことも心配だけど……天宮きょうだい全員がしきたりを知ってしまう。

佳月さまは、天宮家の次期当主になりたい。

それは銀河さまと同じだけど、佳月さまがしきたりを知ったとき、どういう反応をするかはわからない。きっと銀河さまと同じではないだろう。

佳月さまからは、好きだ、って……告白されたことがあるから。

わたしのことを好きになってくれた佳月さまが、しきたりを知ったら。

そして、長男と末っ子が次期当主の座を狙っていると知っている、昴さまは。

「…………………」

いやだな。

わたし、昴さまと真衣亜さまに会えなくて、少しほっとしてる。

こんな気分になることがあるなんて、思ってもみなかった。

「いまだけ、ですから」

ちゃんと、説明、しますから。

学校で会えたら。

もっと気持ちが落ちついたら。

いままでだまっていたことをあやまって、そして……。

荷物を詰めたキャリーケースをひきながらドアをあけると、そこには昴さまが立っていた。

「すばる、さま……」

「美空」

「あ、あのっ」

どうしよう。まだ気持ちが、心の準備ができていないのに。

わたしが内心であわてているのに気づいたように、昴さまは小さく首をふった。

「母さんが心配してて……龍宮のおばさんが交通事故にあったんだろ？　大丈夫か？」

「は、はい。少し入院は必要みたいですけど、お話もできます」

「そうか」

昴さまはほっとしたように息を吐いた。

わたしはとっさに、いまだ、と思った。

いま、一緒に伝えておこう。

学校で言う時間があるかわからないから。

「あと、しきたりのことも」

その言葉を聞いた瞬間、昴さまはぴくりと反応した。

わたしは、かまわずつづけた。

「わたしは絶対に、昴さまのことは選ばないので大丈夫、安心してください」

「っ！」

昴(すばる)さまは、絞(しぼ)りだすように言(い)った。

「……安心(あんしん)ってなんだよ」

「え……？」

「そんなのできるわけないだろ。俺(おれ)は……！」

と、苦(くる)しそうな表情(ひょうじょう)で言(い)いかけて、やめてしまう。

俺(おれ)は……なんだろう。

ああ、そうか。安心(あんしん)してなんて、口頭(こうとう)で言(い)われても安心(あんしん)できないよね……。

昴(すばる)さまには、お医者(いしゃ)さんになるっていう夢(ゆめ)があるんだもんね。

とても立派(りっぱ)で、すてきな夢(ゆめ)が。

それを奪(うば)われるかもしれないんだから。

「……いいから、おばさんのことだけ考(かんが)えてろよ」

「はい……失礼(しつれい)します」

「……その荷物(にもつ)、どうするんだ？」

「しばらく、龍宮家(りゅうみやけ)にもどることにしたんです」

そう言うと、昴さまは小さく息をのむ。

けれど、小さく「そうか」とつぶやいたきり。

わたしはだまって昴さまの横をとおり抜け、下におりる。オオバさんが用意してくれた車に乗って、天宮家を出発する。

わたしひとりには広すぎるリムジンの中で、わたしはちいさくつぶやいた。

「わたしは、天宮家の当主を選ぶつもりなんかない」

それに。

「わたしは、天宮家の人と、結婚したりしない」

昴さまに恋している気持ちは、ちゃんとかくしとおすから。

「だから、安心してくださいね」

昴さま。

4 たよりになる人々

週が明けて火曜日。

昨日の月曜日は、おばさまが熱をだしたって連絡が朝一に来たから、学校は休んだ。

さいわいにも、なにかが悪くなったとかじゃなかったけど……。

心配だな……それに、美晴くんも。

わたしのほうが学校が遠いから、朝はあまり美晴くんと話す時間がない。

マイペースだし、クールだけど、お母さんであるおばさまのことが心配じゃないわけがないから。

「はあ……」

小さく息を吐いて、その音で我にかえった。

いけない。暗くなっちゃった。

ほおをぺちぺちたたいて、教室にはいる。

「宮地さん、おはようございます」

「昨日はおやすみでしたのね」

「大丈夫でしたの？」

「うん。ちょっと家族のことで」

クラスメイトたちと話をしてから、自分の席にむかう。

真衣亜さまは、いない。

昴さまは勉強をしているみたい。

わたしはゆっくり深呼吸してから昴さまのほうへむかった。

「おはようございます、昴さま」

「……おはよう」

昴さまは、ちらっと顔をあげて、すぐにノートに視線をもどした。

「昨日休んでたけど……おばさん、大丈夫だったか？」

「あ、はい。熱が出て……今日は、大丈夫だそうです」

「そうか。でも、心配だよな」

その言葉には、実感のようなものがこもっていた。

きっと、昴さまはいままで何度もこんな思いをしてきたんだ。

なにか言いたくて、でもうまい言葉が見つからなくて、わたしは視線を昴さまの手元にむけた。

ノートには、むずかしい数式がぴっしりと書いてある。

「すみません、お邪魔でしたね」

「あ、いや、」

「それに期末テストもありますしね。わたしも、がんばります」

明るく言うと、昴さまはちょっと微妙な顔でうなずいた。

くちびるが乾いて、喉の奥がぎゅっとなる。

ああ、どうしよう。

なんだかすごくぎこちなくなってしまう。

わたしも、昴さまも……。

でも、もうすぐテストなのは本当。だから、勉強は大事だよね。

昴さまは学校のテスト以外にも、外部の模試もうけているし。
彼の、その夢のために……。
顔をあげると、真衣亜さまがはいってくるところだった。
でも、真衣亜さまは、わたしを見るなりぷいとあからさまに顔をそむけてしまう。
怒っているのかな。
怒っているよね。
わたしが仲よくすると、昴さまの夢の邪魔になるかもしれない。
真衣亜さまだって、そんなの許せないだろう。
だって、わたし自身、それは、それだけは、許せないと思っているのだから。

「昴と真衣亜がなにを考えているのかは、わからなかった」
数日後、リムジンの車内でそう言ったのは北斗さまだった。

一緒に乗っているのは、銀河さまと佳月さま。

少し話をしたいから下校ついでにと、龍宮家まで送ってくれるそう。

ついでといっても、授業が早く終わる初等部の佳月さまは中等部と高等部が終わるまで待っていてくれたにちがいないし、銀河さまと北斗さまだって、本来は部活動があったはず。わたしのために予定を合わせてくれたんだろう。

……ありがたいな。

素直に、そう思った。

昴さまと真衣亜さまとは、今日にいたるまでうまく話せていない。

同じクラスだから、チャンスなんていくらでもありそうなのに。

なのに、ふたりのあのかたい表情を見ると、声をかけることもできなくなってしまう。

それに、わたしはいまバスの時間の関係で朝はギリギリだし、帰りも急いで帰らないといけないしで。

そしてそのことを、この人たちももう知っていた。

「ふたりとも、子どもすぎるんだよ！」

そう言ったのは、年下の佳月さま。

「そりゃあ、僕だっていままで知らなかったのは悔しかったよ？　でも、ミクが言えない理由もわかるから」

「佳月さま……」

「そんなしきたりおかしいし。僕はミクのことが好きだけど、ミクに選ばれたから当主になれますよって言われてもうれしくない。それとこれとはべつだもん」

佳月さまは、本気でしきたりについて憤慨しているようだ。

「僕は、僕がいちばん天宮家の当主にふさわしいと思っているし、当主になりたくて努力しているんだ。恋はべつだよ」

「そうですね……」

「あっ、待って。ミクと両想いになれるのなら、それはもちろんすごくうれしいし、いつかそうなれるようにがんばろうと思ってるんだよ？　でもそれはしきたりとはべつだっていう話であって……」

「わかっていますよ」

「……本当にわかってくれてる？　ミクがミクだから、僕はきみが好きなんだよ？」

まじめに言われると、さすがに顔が熱くなる。

「はい。……わかっています」

「じゃあ佳月、もしもおじいさまが『ミクちゃんと結婚したら当主にはさせない』って言ったら、おまえどうするんだ？」

「はあ？　それこそおかしな話でしょ。ありえない。僕は当主になるし、ミクとも結婚するよ！」

「佳月、銀河の冗談を真にうけなくていい」

北斗さまがあきれたように言う。

「しきたりは、じいさんが希望として言ってるだけだろう？　ミクも、強要はされてない。そうだな？」

「は、はい。むりにとは言わないと。……でも、最近もたまに聞かれていたので」

「おじいさまってそういうところがあるよね」

「一線を退いても、天宮家の当主だった人だからな」

「問題はあの双子だろ。真衣亜も昴も、いっつもミクちゃんにくっついてるのに、薄情だと思わないか？」

「思う！」

めずらしく、佳月さまが銀河さまに同意した。

薄情というか、わたしが悪いんだけど……。

それに、ちょっとぎこちなくなっているだけだし……。

佳月さまは腕を組んで大げさにため息を吐いて見せる。

「だいたいさ、あのふたりはなににそんなに怒ってるわけ？」

「さあ？」

銀河さまが首をかしげる。

「そもそも怒ってるのか？」

「真衣亜はわからないな。怒ってる気もする」

「ああ、ミクちゃんがきょうだいの中から結婚相手を選ぶ気なんだと思って？」

「そんなっ……そんなこと、ありえません！」

思わず言うと、三人は三人とも微妙そうな表情になった。

「もう少し可能性くらいは残してくれていいんだよ？」

「まあ、まだ中学生だしな」

「将来のことは将来になるまでわからないよ！」

と、口々に言う。

それって、わたしが天宮きょうだいのだれかと結婚する可能性の話だよね？

そんなのありえない。

だって、わたしが好きなのは昴さまで——みんな、好きだけど……でも、あんなに胸がどきどきして、くるしくて、会いたくなるのは、昴さまだけで。

だから、ありえないよ。

昴さまと結婚することも、昴さま以外の人と結婚することも。

「まあ、真衣亜は怒っているとしても、昴はどうだろうな」

「いつもならもう少し冷静だと思うんだけど、今回はなにを考えているのやら」

「タイミングも際どかったからな」

北斗さまの言葉に、佳月さまが首をかしげた。

「タイミング？」

「ちょうど見舞いに行ったときだったろ？　いやでも将来のことを考えているタイミングだ。もしもじいさまが進学とか試験とか、横やりをいれてきたらと思ったんじゃないか」

「ああ、おじいさま、昴の夢のことをあまり応援してないしね」

え？　あの天宮のおじいさんが？

「そうなんですか？」

「うん。おじいさまは、僕たち全員に天宮を支えてほしいんだよ。ＴＥＮＱＵは大きな組織だから、肉親だけで支えるなんて現実的じゃないんだけどね」

「北斗は山王家に行くだろうし」

「その話はやめろ。決めてないし、じいさまの耳にはいるとまたうるさいから」

北斗さまが、お母さまである乙女さんの実家、山王家を継ぐことになるかもというのは前も聞いた話だ。

でも、この様子だと天宮のおじいさんはそれもいやみたい。

「父さまはおじいさまに反発しているのもあって、海外を拠点にグループを広げているんだ。反対に、おじいさまは国内で忙しくしてらっしゃる」

「いつか変な争いにならなきゃいいけどね。まあ、どっちも極端なんだよ」

ため息を吐くきょうだいたちは、なんだかとってもおとなに見えた。

「いろいろ、大変なんですね……」

いままで、天宮家のそういう部分にふれたことはなかった。

すごく大きくて有名なおうちだけど、その内側はとっても複雑で。

でも、天宮きょうだいは、それに負けないように笑いあう。

「まあ現実的なのは、長男である僕が当主、北斗は山王家にはいって天宮と手を組み国内を制覇。昴は医者になったら天宮の専属。真衣亜は案外天宮の仕事になじみそうだから、佳月と一緒に海外で勢力を拡大させる」

「ちょっと！　当主は僕だってば」

銀河さまと佳月さまがまた軽い口論をはじめた。

じゃれあいみたいなもので、わたしにとってはほほえましい。

こういうときいつも、昴さまはわたしや北斗さまと同じように笑っていて、真衣亜さまはあきれている。

また、そんなふうにみんなですごしたい。

クリスマスに、年末年始。バレンタイン。それから――ううん。そんな、特別な行事ばっかりじゃなくていい。

天宮家の日常に、もどりたいよ。

「……ミクちゃん」

「あ、はい」

ふと気づくと、三人がわたしを見ていた。

佳月さまがハンカチを差しだしてくれる。

それで、自分が泣いていることにはじめて気づいた。

「すみません……」

「あやまらなくていい。ミクもこんなにいろんなことが重なって大変だろう」

「あのふたりのことは考えずに、いまはおばさんのことを優先しなよ」

「はい」

こくんとうなずくと、顎を伝った水滴が制服のスカートに落ちる。

銀河さまが、姿勢を正した。

「ミクちゃんは、どうしたい？」

「どう、って……」

「昴のこと」

顔をあげると、銀河さまの真剣なまなざしとぶつかった。

昴さまのこと……。

わたしは、ゆっくりと首を横にふる。

「どうも、したくないです。元にもどれたら、それで……」

「そう？」

「ええ」

それは心からの言葉だった。

元にもどりたい。しきたりのことを、知らなかったときに。

でも、時間を巻きもどすなんてできるわけがないから。

だから、でも、どうすればいいんだろう……。

どうしたら、昴さまと真衣亜さまは元のようにわたしと笑ってくれるんだろう。

銀河さまは、いつもの王子さまスマイルに、少しだけお兄さんの色を乗せる。

「なにかあれば、高等部の厩舎においで。馬とふれあうと癒やされるよ」

「はい。ありがとうございます」

そうこうしているうちに、もう龍宮家だ。

「……あっ」

玄関の門のところでは、ちょうど美晴くんが郵便受けの中を確認している。病院に行く前なんだろう。わたしは学校が遠いせいで、放課後に病院に行くのは美晴くん任せにしちゃっていたんだ。でも、今日は一緒に行けそう。

わたしは車の窓をあけて、美晴くんに声をかけた。

「美晴くん、ちょっと待ってて。わたしも一緒に行くから」

「えー、いいよ、もう出る」

「わたしもおばさまに会いたい」

その言葉に、美晴くんは門柱にもたれる。待ってくれる気になったみたい。

「ありがとうございました、送ってくださって」

三人と、運転手さんにむかって頭をさげて、わたしは車をおりる。


車の中の三人が、わたしと美晴くんを見て、

「……なんか、いろいろとゆゆしき事態じゃない？」

「又従兄弟か……」

「結婚可能じゃん……！」

「とはいえミクちゃんの気持ち次第だからね」

「……やっぱり昴か」

「まあ、しかたない。こっちもできることはしてあげよう」

――なんて話していたなんて、知りもせずに。

さよなら恋心

「美晴くん、はいってもいい？」

夜。部屋の外から声をかけると、返事のかわりに畳をとんとんとたたく音がした。

龍宮家は、洋風な天宮家と対照的な日本家屋で、ほとんどがふすまと障子なんだ。だからこれがノックとか、返事のかわり。

そっとふすまをあける。

美晴くんはベッドにもたれて、ヘッドセットをつけて手もとのゲーム機を操作している。

どうやら、ゲーム友だちとおしゃべりしながらゲームしているみたい。

わたしは美晴くんの邪魔をしないように、斜め横から手もとの画面をのぞきこむ。どういうゲームかはよくわからなかったけど、チーム戦みたい。

天宮家の人たちは、こういうゲームはしないもんなあ。

クリスマスとかにボードゲームはしていたけど。

あ、でも佳月さまはシミュレーションゲームをしていたっけ。あれも天宮家の次期当主になるための勉強だったけど。

わたしは、美晴くんのとなりで膝をかかえてすわる。

用事があったわけじゃなくて、ただ、ひとりになるのがいやだっただけ。

ひとりで考えていると、いやなイメージばかりが思いうかぶから。

あの日の、わたしが昴さまを選ぶ可能性を知った瞬間の困った顔とか。

わたしが近くにいると、夢を邪魔されるからって、昴さまが迷惑に思うかも、とか。

昴さまを安心させるにはどうしたらいいだろう。

好きじゃないから大丈夫って、言う……とか？

それを思うと胸がツキツキ痛むけど。

でもそもそもわたしの気持ちはひみつにしてあったんだから、もっと根本的に、昴さまがしきたりを気にしなくなるような、わたしに選ばれるかもって思わず、安心してくれるような、なにかがあればいいいんだけど。

「うーん……」

小さくうなっていると、美晴くんが一戦を終えて、「一回落ちる」とだけ言ってヘッドセットを外した。

「なに？」

「あ、いいのに、ゲームしてて」

「気になるし」

って言いながらも、べつの試合をはじめた。

通話はしないで、個人戦かなにかなのかな？

これくらいのほうが、話しやすいけど。

「……あのね、もしも好きな人に、好きじゃないから安心してほしいときは、どうすればいいと思う？」

「は？　意味わかんね」

「美晴くんがなにって聞いてきたのに……」

「となりでうんうん言ってるからでしょ。もう一回言って。本当に意味わかんなかった」

わたしは少し考えて、もっとシンプルに言いなおす。

「ひとりの男の子がいるとするでしょ？」

「うん」

「その子は、わたしから好かれると困ったことになるんだ」

「きらわれてんの、美空」

「そうじゃなくて、わたしはその子に困ってほしくないんだよ」

「ああ、だから、好きじゃないから安心してほしいって？」

「そう。でも、『好きじゃないから安心してください！』って言うのは、変な感じでしょう？　それに、言葉で言われても信じられないかもって」

「ふーん」

「ほかに、どんな言い方をすればいいと思う？　方法とか」

美晴くんは「知らん」とそっけなく言う。

まあ、そうだよね。

わたしも、美晴くんから答えがもらえるとは思っていなかったし。

「……そういえば、おばさま元気そうでよかったね。骨も順調にくっついてきてるらしいし、頭のすり傷も、ガーゼだけになってたし」

「ほかに恋人作れば？」

「え、おばさま？」

そっけなく見えて、あんなにおじさまのことが大好きなのに？

美晴くんは舌打ちした。ゲーム画面では、美晴くんが操作するキャラクターがたおされたところ。

「なに言ってんだよ。美空の話でしょ」

わたしはおどろいてぱちぱち瞬きした。

まさか考えてくれたなんて。

「あ、でも、恋人って……」

「本気で作らなくても、うそでいいじゃん。恋人できましたーって」

「うそは、ちょっと」

「なんで？　そもそも美空はその相手のことが好きなんだろ？　好きじゃないって言う時点でうそなんだから、いいじゃんべつに」

そりゃあ、そう、かもだけど……。

「っていうか、本当の話だとは言ってないのに」

「でも本当なんだろ？」

「まあ……でも、相手がいないよ。むずかしいかも」

相手は？　って聞かれたときに、架空の人をあげられるとは思えない。

もちろん、昴さま以外の天宮きょうだいに協力してもらうのもなし。

だってそれはそれでなんかおかしなことになっちゃうし……。

昴さまにもおじいさんにも、天宮家のだれとも結婚するつもりはないって、言わないと。

「……やってやろうか」

「え？」

「恋人役。出かけたりするのはめんどいけど、聞かれたら答えるくらいはしてもいい」

「えっ……いいの？」

確認のために聞いても美晴くんは無言だ。ゲームに集中しているのか、一回言ったから聞かなくていいだろうという感じ。

「美晴くんが、恋人……」

悪くない、かもしれない。

「美晴くんなら、昔から好きで、久しぶりに会って告白できたって言えばいいかも」

昴さまは、わたしが小学校の同級生たちといい思い出がないのを知っている。

だから、元同級生だって言うと心配させると思う。

その点、美晴くんなら大丈夫だ。

「じゃあ、いい？　美晴くんと付き合うことになったって言っても」

「いっこだけ条件がある」

「条件？」

美晴くんはうなずいてにやりと笑った。

「次の週末は深夜までゲームしてても怒んないで、朝は起こさないで」

「えっ！」

「いいだろ？　どうせ次の日は休みだし」

「……わかった。次の週末だけだからね」

「ずっとでもいいんだけど」

「それはだめ」

きっぱりと言うと、美晴くんは肩をすくめただけでまたチーム戦にもどる。

美晴くんの将来の夢は、プロゲーマーらしい。

高校にはいったら、いまは助っ人として参加しているeスポーツのチームに正式所属するつもりだとか。

みんな、夢や目標にむけてがんばってる。

わたしにはまだ明確な目標はないけど、やっぱりこういう人のサポートをしたいなって思った。

だから、メイドってわたしにとって天職なのかも。

「……美晴くん、ありがとう」

こんな変なお願いを、言えるのはきっと美晴くんにだけ。

血のつながりなんて目に見えないけど、もしかしたら、きょうだいってこういう感じなんだろうか。

それなら、わたしはやっぱり天宮家のきょうだいではないんだ。

わたしはそのあともしばらく美晴くんがやっているゲームを見学して、やっとルールを理解しはじめたあたりで「邪魔」と部屋を追いだされたのだった。

ひとりで自分の部屋にもどったわたしは、ひとつのことを考えていた。
昴さまの夢は、天宮のおじいさんからは応援されていない。
だからきっと、昴さまはあんなにとまどって、不安そうにしているんだ。
昴さまを心から安心させないと。
わたしに怒っていてもいい。
でも、しきたりなんかに、昴さまの夢を邪魔させない。
だから、もう、ひみつの恋は、やめる。
昴さまへの恋心を消すことは、できない。

でも、眠らせることならできるんじゃないかな。
ううん。眠らせないと。
心の奥深くに眠らせて、いつか、ほかに好きな人ができるかもしれない。
昴さまじゃない、べつの、恋。
きっとそのときでも、昴さまへの想いは消え去ったりしない。
でも、目覚めないくらい深く、眠っている。
だから、安心して、眠って。
おやすみ。さよなら、わたしの初恋よ。

想い side昴

美空が龍宮家にもどってしばらくたった。

うちよりも遠いからか、朝は少し遅く、帰りは急いで帰ってしまう。

だから、話をする時間は学校内でしかない。

それなのに俺はなんとなく美空と話しづらくて、つい、避けるような態度をとってしまっている。

本当は、おばさんが大丈夫でよかったなって、笑ってやりたい。

しきたりのこと、なんでだまっていたんだよって、文句も言いたい。

それなのに、美空を前にすると、言葉が出てこなかった。

「なにを言えばいいのかわからないんだ」

「しきたり、かあ……」

道場の外で、剣道部の休憩中。

俺のとなりには、練習試合のためにやってきている他校の生徒がすわっている。

名前は、緒羊虎太郎。

羊なのか虎なのかどっちだよって名前だけど、こう見えてかなり剣道が強い。

俺とは互角だろうか。

そしてじつは、緒羊は美空の幼なじみでもある。

だからつい、相談してしまった。

「なんか大変なんだな、おまえん家って」

「俺だって知らなかった。そんな変な決まりがあるとか」

だが、上の兄たちは知っていたらしい。俺はそれがなんだか歯がゆい。

天宮家は元華族の家柄ではあるが、そのわりにそういう意識がうすいと思う。

この学校の生徒たちは旧家や元財閥系の家柄が多いからか、特権意識のようなものが強い。それは、家庭の話を聞いていても明らかだ。

中学生なのに決まった許嫁がもういるとかは、その最たるもの。

天宮家は俺の父親が海外展開を急いだからか、ほかとはちがうと思っていた。

内に閉じていくんじゃなく、外に開いていくというか。

たとえば北斗兄ぃなんかは、母方の旧家である山王家の行事にも行くからか、ほかのきょうだいとは雰囲気がちがう。

でも、天宮家自体は、古いしきたりもなくて比較的自由な家風なのだと勝手に思っていた。本家と呼ばれ、分家と呼ぶ親戚筋もいくつかあるけれど、正月にあいさつに来させるとか、そういうのもない。

「……だから、美空を連れてきた理由も、あんまり深く考えなかったんだよな」

じいちゃんの知り合いの、孫。

ただ、同い年の女の子だから、真衣亜と友だちになってくれないかなと思ったくらい。

当時は、そんなの夢のまた夢だったけどな。

緒羊は空をあおぐ。

もう十二月にはいってかなり気温は低いけれど、さっきまで素振りしていたせいで暑いくらいだから、空気の冷たさが気持ちよかった。

「それにしても、みーが選んだヤツが天宮家の次期当主なのかあ」

美空のことを「みー」と呼ぶヤツは、軽く笑う。

「ちょう責任重大じゃん」

「笑い事じゃない」

「わかってるけど。……なあ、天宮。みーが当主を選ぶって本気で思ってんの？」

「……思ってない」

本人も言っていたし、俺だってそう思う。

美空はきっと、選ばない。

そういう子だ。

「でも、じいちゃんは美空の意見を参考にするかもしれない。美空がなにも言わなくても、美空の様子からなにかをくみとるかも」

「自分が選ばれるって思ってんの？」

「…………」

「だから怒ってんのか？　美空に、夢を邪魔されるかもって？」

「怒ってない」

「怒ってるだろ」

緒羊は断言した。

「真衣亜が言ってた。『昴は怒ってる』って」

「真衣亜が？」

そうだ。緒羊はなぜか俺の妹とも仲がいい。

いつの間に仲よくなったのか、バレンタインに贈り物をしたりもして。

前も、しょっちゅう夜中に電話していたっけ。

そのせいで生まれてはじめて真衣亜とケンカになったことを思いだして、またちょっと腹が立った。

「……真衣亜はまちがってる。俺は怒ってない」

「どうだろーな、それは」

「なんだよ。緒羊にも俺が怒っているように見えるのか？」

「見える」

また断言されて、思わず顔をしかめる。

「なら、それはいま緒羊に怒ってるんだろ」

「ちげーな。俺はともかく、真衣亜は昴のことでまちがわない。あいつ、双子の兄貴のこと大好きじゃん。俺がおまえに勝ったときすげえ怒られたし」

「…………」

真衣亜は、なにを思っているんだろう。

不思議なことに……俺と真衣亜は、今回のことについてほとんど話をしていなかった。なにを話したらいいのかわからないというのもあるけど、なんとなく、ふたりで話す前に、それぞれが自分の気持ちを見つけなければ、というのがあるような気がした。

真衣亜もたぶん同じ気持ちなんだろう。

「つーか……龍宮のおばさん、入院してんのかあ。大変だな」

「緒羊も知り合いなんだっけ」

「俺、いちおう幼なじみやらせてもらってるんで」

緒羊のいたずらっぽい笑みに、胸の奥がざらついた。なんだろう。こいつのこんな顔は見慣れているのに。

「そーいえばさ、みーが育った龍宮って家、おじさんは世界中を飛びまわってるカメラマンなんだよ」

「よく知ってるな」

「だから、俺、いちおう幼なじみだし。……で、気づいてるのか？」

「え？」

「たぶん、龍宮の家でみーとハル、ふたりで暮らしてるぞ」

「……はる？」

「美晴だよ。知らねえの？　龍宮美晴のこと。俺らと同い年の男だけど」

言われて、はっとした。

そうだ。美空には、同い年の親戚の男子がいる。

美空はその男についてあまり話さないけど。

と、いうか。

「ふたり暮らし!?」

思わず大声で言ってしまい、緒羊が目を丸くした。あわてて口をおさえる。

そして、声をひそめてたずねなおした。

「……そんなの、危ないだろ。子どもだけでなんて」

「いやいや、あの家は天宮のとこほどじゃないけどしっかり警備もはいってるし。つーか、そんだけ？」

「は？」

緒羊が眉根をよせる。

「気づいてねえの、天宮昴。俺は正直、おまえがみーとクレープ食べてるのを見たときから、そうなんじゃないかなー……って思ってたんだけど」

「なんの話だよ」

「だから、俺はどんだけ仲がよくても、ただそれだけで女の子にネックレスをあげようとは思わないってハナシ」

緒羊の目が俺を見る。

じっと、些細な反応も見逃さないとでも言いたげに。

「……それって、特別な贈り物なんじゃねーの」

言われた瞬間、脳裏で銀色がきらめいた。

去年のクリスマスイヴに、美空にプレゼントした銀色の鳥のネックレス。

美空はそれを、ことあるごとにつけてくれている。

俺は、それがうれしくて……。

「天宮、おまえ、みーがこのままずっと天宮家のメイドならいいって思ってるんじゃないよな？　それなら、ずっと一緒にいられるから」

「そんなわけないだろ！　俺は……！」

美空はただのメイドじゃない。

美空は、美空だ。

たったひとりの……。

「俺は……」

いやだ、とはっきり思った。

美空がいつか天宮家からいなくなるかもと思うと、ひどく落ちつかない気分になる。

じゃあ、美空が永遠に天宮家のメイドでいればいいと思っているのか？

オオバのように、おとなになってもずっと。

そしてじいちゃんとオオバみたいに、それぞれ結婚相手ができて、子どもや孫が生まれても、家族同然の使用人としてすごす？

それとも――――天宮家の……銀河や、佳月、北斗兄ぃと結婚して、本当に家族になったら……。

それを想像した瞬間、胸の奥がザワッとして、頭がカッと熱くなった。

美空が、結婚する？

俺以外のやつと？

「そんなの……」

声に出ていておどろいて、そして……緒羊が、なにを言いたいのか、はっきりわかった。

俺はたしかに怒っていたんだ。

あの日、母さんがしきたりのことを言ったときから。

美空が俺にかくしごとをしていたこと。

じいちゃんが、まじめでがんばりやの美空にあんなことをさせようとしていたこと。

銀河や北斗兄ぃがしきたりを知っていたこと。

真衣亜がなにも言わなかったこと。

美空がなにも言いわけしなかったこと。

俺が美空になにも言ってやれなかったこと。

そして、そんな変なしきたりのせいで、美空が、俺のことを好きになってくれないかもしれない、ということに。

美空は俺の夢を応援してくれている。

だからきっと、俺のことを好きになってくれない。

――――そうか。そうだったのか。


「俺、……美空のことが好きだ」

霧の中 side昴

美空のことが好きだ。
それは、大切な妹や、母さんに向ける「好き」とはまったくちがう。
たったひとり。
この世にたったひとりだけの、特別な相手への想い。
自覚してしまうと、いままでなんで気づかなかったんだと不思議なくらいだった。
だから、もうわかった。
俺が、美空に言うべきこと。
そして、じいちゃんに言うべきこと。
わかってしまうと、急に目の前の霧が晴れたかのようだ。
あのしきたりを知ってしまってから、俺の目の前に現れた霧。
五里霧中、ってこういうことか、といまさらながらに思う。

その日、俺は美空から呼びだされた。

場所は学校の屋上。

緑化された屋上に、放課後、生徒の姿はない。

「……すみません、部活があったのに」

「いや、少しなら大丈夫だから」

美空は、元気がないようだ。

疲れているんだろう。それに、俺のことを気にしているのかも。

俺も、ちゃんと謝らないと。避けてごめんって。

そして――……。

「……あの、この間のことなんです」

『しきたり』？」

「はい。……黙っていて、すみませんでした……っ」

そう言って、美空は頭をさげた。

長い髪が、肩を滑り落ちる。

「いや、俺もごめん。おどろいて、変な態度取ってた」

「いいえ、当然です。だって……昴さまには、大切な夢があるんだから」

美空は、かすかにふるえたようだった。

「……わたしの話を、聞いてくれますか」

「うん」

美空が、話してくれる。

なにを言うのかはわからないけど、ちゃんと聞こう。

そして、そのあとに伝えよう。

嫌がられるかもしれないし、困らせるかもしれない。

だけど、はっきり。

俺はしきたりなんて気にしない。

じいちゃんがなにを言ってきても、夢をあきらめることもしない。

それくらい、美空のことが好きなんだ、って。

「……天宮のおじいさんがわたしに会いに来たのは、小学六年生のときでした」

美空がはじめたのは、あの日母さんの病室で話したものより、もっと詳しい話。じいちゃんと出会った日から、天宮家に連れてきた理由を告げられた日までの、長いようで短い話。

最初はしきたりなんて知らなかったこと。

それを知ってからも、はっきりと断ったこと。

じいちゃんはたぶんあきらめていないということ。

「それでもわたしは、しきたりには従いません」

珍しく、きっぱりと美空がそう言った。

きれいな瞳が俺を見る。

「昴さま、わたし……」

強い光を宿したまなざし。

「ずっと前から、好きなひとがいるんです」

「……え？」

おどろいて声をあげると、美空はぱっと顔をそらした。

「気づいたのは、一年くらい前なんですけど……でも、それよりも前から、ずっと好きなんです」

とっさに、なにを言われているのかわからなかった。

美空に……好きな相手？

「そのひとは、強くて、すごく尊敬できるひとで、努力家で……わたしのことを、とても理解してくれるひとで……」

落ち葉が風に吹かれてかさかさ音を立てる。

その乾いた音が、耳につく。

「――付き合うことに、なりました」

うそだ。

「ついこの間。お願いしたら、いいよって、言ってくれて……」

そんな、だって。

俺はゆっくりと呼吸する。落ちつけ、と自分に言い聞かせた。

だってそうでもしないと、美空を問い詰めてしまいそうだったから。

「相手は、俺も知ってるやつか？」

「……龍宮、美晴って名前です。龍宮のおばさまの子どもで、わたしは小学校にはいってからの六年間、美晴くんと同じ家で一緒に育ちました」

また、足もとが揺れた気がした。

緒羊が言っていたことを思いだす。

美空はいま、龍宮の家で、その家の子とふたりで暮らしている。

その相手こそ、龍宮美晴で。

俺の知らない、美空のことを、知っている相手。

「だから、」

と、美空は言った。

「安心してください」

「……あんしん？」

いつだっけ。いつかも、美空はそれを言っていた。

絶対に、俺を選ぶことはないからと。

「わたしも、しきたりも、昴さまの夢の邪魔はしません」

長いまつげが、ぱちぱちと動く。

「わたしは天宮家のだれとも結婚しないし、次期当主を選ぶつもりもない。わたしが天宮家のひとと結婚しなければ、天宮のおじいさんも、しきたりのことをあきらめてくれると思います」

だって、わたしはだれのことも選ばないのだから。

美空はそう言って、ほほえむ。

「安心してください」

「…………」

「だいじょうぶですから」

その顔は泣きそうな笑顔で、だれが美空にそんな表情をさせたのだろうと、俺はぼんやり考える。

――それは、俺だ。

呆然とした。

それは、しきたりを知ってから今日までの、俺のあからさまな態度だ。
美空の恋は、もしかしたらひみつにしておきたかったものなのかもしれない。
だれにも、言いたくなかったのかもしれない。
それでも、美空は俺にそれを告げた。
俺以外のやつのことが好きだって。
そいつと付き合うことになったって。
「安心してください」
そう言って。
「しきたりなんかに、昴さまの夢の邪魔はさせませんから」
そう、俺が好きな美空の笑顔で。
俺が嫌いな、涙をこぼしそうになりながら。

「昴」

その日、家に帰ってすぐ、真衣亜が俺の部屋にやってきた。

表情はどこかさっぱりとしていて、真衣亜もまたなにかしらの「答え」を見つけたのだと、そう思った。

「昴、ミクに声をかけられていたでしょう？　なにか話だった？」

「……ああ」

「それって……『しきたり』に関わること？」

「そうとも言える」

思わずこぶしを握ると、手のひらがジンジンとうずいた。

あのあと、部活のときに、美空が言っていたことを考えたくなくて、いつもの倍も素振りをしたからだ。

それでも、ふとした瞬間に思いだしてしまう。

美空の声。

美空の言葉。

美空の表情。

美空に好きなやつがいて、もう付き合っているということを。

「ミク、なんて……？」

「…………」

「昴？」

「安心してくれって」

「え？　安心？」

「美空には次期当主を選ぶつもりはないし、天宮の人間と結婚するつもりもないからって。

それに――」

一瞬、言うか迷った。美空と真衣亜は親友だ。本人の口から告げるのがいいだろう。

それとも、真衣亜は知っているのだろうか。美空には好きな相手がいたことを。

そして、付き合っているということを。

「……美空には恋人がいるそうだ」

「…………えっ!?」

真衣亜は飛び上がって、それから飛びついてきた。

「こ、こいびと!?　ミクに!?　だれ？　真衣亜、そんなこと聞いてない……！」

「相手は、親戚の子だって。ほら、あの龍宮のおばさんの子ども。同い年」

「いつから!?」

「この間って言っていたし、事故のあとみたいだ」

なんでかわからないけど、真衣亜に説明する言葉はすらすらと出た。

俺たちは双子だから、真衣亜がおどろいていたら俺は冷静になれるのかもしれない。

ひとつわかっているのは、もうなにもかも遅いんだってこと。

俺は気づくのが遅すぎた。

自分の気持ちにも、美空の隠しごとにも。

もっと早くに気づいていれば——。

いや、それでも、美空には好きな相手がいるんだ。

気づいたのは一年くらい前でも、それよりずっと前から好きだったと。

きっと俺と出会う前からなんだろう。

だから、俺にできることはないんだ。
どんな決意をしたって、じいちゃんになにを言おうとしたって、意味がない。
「……昴、大丈夫？」
「真衣亜……俺、美空のことが好きなんだ」
言った瞬間、真衣亜は息をのんだ。
少し前に、緒羊と俺と、真衣亜と美空の四人で遊園地に行ったことがある。
あのとき感じた、ほのかなさびしさ。
きっと、真衣亜は緒羊のことが好きだ。
妹が離れてしまうさびしさと、それを上塗りしてくれた、美空の笑顔。
夕闇で見たパレードと、暗いのがだめなのに見入っていた美空の横顔。
キーホルダーを交換したときの、あのうれしそうな顔。
すぐに赤くなるほお。
美空が笑うと、俺もうれしい。
だから――――。

美空も、同じならいいのに。

美空も、俺と同じ気持ちで――俺を、好きでいてくれたらいいのに。

しきたりも、夢も、なにもなく。

俺はその瞬間、ただひたすらにそれを思っていた。

でも、それはありえない。美空は選んだ。俺以外を。

「美空のことが……好きだったんだ」

「昴……」

妹が俺をだきしめた。

俺も妹をだきしめる。

双子だからって、ずっと同じ気持ちで、ずっと一緒にいられるわけじゃない。

でも、双子だから、きょうだいだから、その絆は消えたりしない。

美空は俺のきょうだいじゃない。

俺はやっと、そのことに思い至っていた。

美空は、最初からずっと、俺にとってたったひとりの女の子だったのに。

言っちゃった。

言っちゃった。

昴さまに、付き合ってる人がいるって、言っちゃった。

部活に行くから、と先に行ってしまった昴さまの背中を見送って、わたしはそっとほおをなでる。

大丈夫。泣いてない。

昴さまはすごくおどろいていたようだったけど、なにも言わなかった。

「そうか、よかったな」

って、それくらい。

……胸が痛いよ。

でも、これで昴さまも安心してくれるはず。

わたしには、恋人がいる。

宮地美空は、天宮家の子と結婚しない。

昴さまは、万一わたしから相手に指名されたらどうしよう、天宮家の当主にならないといけなくなったらどうしよう、という恐怖から解放される。

「――これで、よかったんだよね？」

昴さまはどんな顔をしていたっけ。

……おどろいていた。そのおどろきには、ほかになにかふくまれていたんだっけ。

思いだそうとしても、なにも思いだせない。

昴さま、と名前を呼びたくなった。

でも口から出てきたのは、「早く帰らなきゃ」という、かたい声だけ。

冬の乾いた風がわたしのほおをなでる。

もうすぐ、冬休みがはじまる。

声にださずに彼の名前を呼ぶと、くちびるが切れて、ぴりっと痛んだ。

8 ひまりちゃんの訪問

『ミク先輩、今日ちょっと会えませんか？　会いたいです』

学校の後輩である魚住ひまりちゃんから、そんなメッセージが来たのは、冬休み初日のことだった。

国民的アイドルと呼ばれる超有名芸能人のひまりちゃんは、学校にも滅多に来られないほど忙しい。

特にクリスマス直前のこの時期から年明けまでは、休むひまもないくらいのはずなのに。

わたしを慕ってくれるかわいい後輩だけど、いま、このタイミングでの「会いたい」に、思いあたる理由はひとつしかない。

おばさまの退院も年内に決まったその日、わたしは指定された喫茶店にむかった。

ちょっとレトロで、こぢんまりとしたお店だ。

ひとりでこういうお店にはいるのって、緊張しちゃう……。

ドアをあけると、カランカラン、とそっけないベルの音がひびく。

「ミク先輩、こっちです～！」

ひまりちゃんはもう先に来ていて、いちばん手前の席で待っていてくれた。

長いカウンターと、ボックス席が三つの狭い店内はほぼ満席だけど、眼鏡をかけているひまりちゃんの正体に気づいている人はいなそうだ。

オーラを消すことができるのが、一流の芸能人だって言っていたっけ。

「こんにちは。呼びだしちゃってすみません」

「ううん。今年はもう会えないかもって思ってたから、うれしいよ」

その言葉に、ひまりちゃんはてれたように笑う。

「わたしもうれしいです。なにか食べます？　軽食もあるけど……ここ、プリンがおいしいんですよ。ちょっとかためで、上にクリームがのっていて」

「ひまりちゃんは？」

「わたしはプリンの予定です！　それと、ミルクティー」

「じゃあ、わたしも同じものにしようかな」

「りょうかいです！　すみませーん！」

ひまりちゃんが店員さんに注文してくれる。

わたしは大きな窓から外のとおりを見た。

短い秋はあっさりとすぎ去り、みんなコートを着て、マフラーも巻いている。

冬の弱い日差しが、まぶしい。

ひまりちゃんは、おずおずと切りだした。

「……あの、ご親戚の方が大変で、もともとのおうちに帰ってるって聞いたんですけど」

「うん。わたしのお母さんとは従姉妹のおばさまでね。でも、もうずいぶんよくなったの。来週には退院するって決まったし」

「そうなんですね……！　よかったあ」

まるで自分のことのように安心してくれるひまりちゃんは、やさしい子だな。

ひまりちゃんはひとしきりおばさまのことをよろこんでくれてから、コホンと咳払いした。

「では、本題ですが」

「うん」

「ミク先輩、彼氏ができたって本当ですか!?」

その声の大きさにおどろいたように、うしろの席から食器のぶつかるような音がした。

「ひ、ひまりちゃん、声が大きいよ……!」

「あ、すみません、つい」

わたしはそうっとほかのお客さんを見るけど、みんな手もとに集中しているみたいで頭くらいしか見えない。

よかった。ひまりちゃんだって気づかれなかったみたい。

「……やっぱり、そのことだったんだ」

「当たり前じゃないですか」

ひまりちゃんは食い気味に言う。

恋人ができたって昴さまに言ったこと。

昴さまがほかのきょうだいに話したかはわからないけど、きっと真衣亜さまには伝えたはずだ。

そして、それならひまりちゃんにも伝わっていたっておかしくはない。

ひまりちゃんは天宮家とは親戚で、双子とは幼なじみ。

そして、昴さまに片想いをしているんだ。

わたしは以前、ひまりちゃんから昴さまとの仲をとり持ってほしいって、お願いされたことがある。

いろいろあって、結局それはとりさげになったんだけど……。

そしてそのときに、ひまりちゃんには気づかれてしまったんだ。

わたしの、昴さまへの恋心を。

でも、仲が悪くなったりしてはいないよ。

そのあとは、お互いにはじめての恋のライバルとして、そして仲のいい先輩後輩兼友だちとして、すごしている。

だから……ひまりちゃんだけは、気づいてしまうと思っていた。

わたしが美晴くんのことをずっと好きで、告白して、付き合えることになったという、うそに。

「うそですよね」

きっぱりと言われた。

「ほんとう、だよ」

そういうことに、しておいてほしい。

でも、ひまりちゃんは納得しない。

「わたしとの勝負から逃げるんですか」

「逃げるって……」

「わたしは真剣勝負を申しこんだんですよミク先輩。逃げないでください！」

「…………わたし、は、美晴くんのこと、好きだよ」

「これでも俳優ですよ。うそはわたしの専売特許です」

「っ！」

なにも言えなくなったわたしに、ひまりちゃんがふっとほほえみかける。

やさしい、笑顔だった。

「やっぱりうそですよね。ミク先輩は、うそをついています。じゃなかったら、わたしがばかみたいじゃないですか」

「ひまりちゃん……」

ひまりちゃんの手がのびてきて、わたしの手をぎゅっと握った。

「ミク先輩、だめです。それじゃあいつか、本当に息ができなくなりますよ」

それは、わたしにもよくわかる。

天宮家にやってきたばかりのとき、わたしは、息ができなかったから。

でも、じゃあ、どうしたらいいの。

「…………ひまりちゃん、」

視線を落として、つぶやく。

「どこまで、聞いた？」

「どこまで？」

「『しきたり』のことも、聞いた？」

ひまりちゃんの手が、ピクッと動いた。

聞いたんだ。

じゃあ、わたしのうその理由を、ひまりちゃんだってわかるはずなのに。

昴さまの夢を知っているひまりちゃんになら、わかるはずなのに。

「わかるでしょう……？　昴さまの、迷惑になりたくないんだよ」

手をひこうとすると、逆に強く握られた。

強く、強く。

ゆったりとしたBGMだけが、間延びしたように店内に流れている。

そんなわけがないのに、お店にいる人たち全員が、消えてしまったかのように。

「……天宮のおじいさんは、わたしに強制しないって言ってくれた。でも、しきたりがあるのは、事実だから」

「ミク先輩」

「わたしがほかに恋人を作れば、昴さまも、ほかのみんなも、安心でしょう……？」

そう言った瞬間。

「ばかにしないでよっ!!」

聞きなれた声が、ひびきわたった。
喫茶店のいちばん奥にすわっていたお客さんが、立ちあがる。
かぶっていた帽子をとって、キッとわたしをにらみつける。
わたしは目を見ひらいた。
ふわふわの髪。涙で潤んだ大きな猫目。ばら色のほお。
わたしの、親友。
妖精のような美少女。
「――真衣亜さま……?」

うそと親友と恋

立ちあがった少女が、つかつかとこちらにやってくる。

いつもとちがう、かざりっけのない地味なハイネックのセーター。

ひまりちゃんと同じような眼鏡。

乱暴に帽子をとった髪は、乱れている。

でも、目の前にいるのは、まちがいなく真衣亜さまだ。

「真衣亜さま、どうして……」

「どうしてもこうしてもないでしょう！」

真衣亜さまは、すごく怒っている。

「なにが『わたしがほかに恋人を作れば』よ！　変なこと言わないで！」

真衣亜さまは、泣きそうになりながら言う。

「昴のため？　真衣亜のため？　兄さんたちのため？　ばっかじゃないの!?」

「真衣亜ちゃん、ちょっと、」

真衣亜さまがあまりに激しく言うものだから、ひまりちゃんがなだめようとする。でも、真衣亜さまはその手をふり払ってわたしにせまる。

「うるさい！　ひまりはだまってて！」

「真衣亜ちゃん」

「ミクのそれはね、ただの自己満足よ。やさしさじゃないわ！」

自己満足。その言葉に、はっとした。

わたし……。

真衣亜さまの手が、わたしの肩をつかむ。

「なんで、ミクはそうなの。なんで、なにも言ってくれないの。なんで、真衣亜に相談してくれないの！」

大きな目から、ぽろりと、涙がこぼれた。

「真衣亜たち、親友じゃないの……？」

その言葉に、喉がふるえた。

ぐうっと、なにかが詰まったみたいに痛くなる。

それは、言葉だ。言葉が、出てきたがっているんだ。

本当は、だれかに言いたかった言葉。

言ってはいけないから、あの想いと一緒に眠らせたはずの言葉。

「でも、これ以外の方法が見つからないんです……」

鼻の奥がツンとして、くちびるもふるえてしまう。

「昴さまの夢を、邪魔したくないんです。それだけは、絶対にだめ……」

「美空」

と、真衣亜さまがわたしの名前を呼んだ。

大切に、強く。

「真衣亜はね、お母さまがしきたりのことを言ったとき、すごくおどろいた。それに、ショックだったわ。でも、ほっとした気持ちもあった。そしてかなしい気持ちもあったの」

真衣亜さまは、ほおの涙をぱっと指ではらう。

「ショックだったのは、ミクがそんな重大なことを真衣亜たちにだまっていたから。ほっとしたのは、じゃあミクにこのまま昴をとられたりしないんだって思ったから。でも、かなしかったのは……」

真衣亜さまが、くちびるを噛む。

「……ミクと昴が結婚することはないんだって、思ったからなの」

「え……」

「わがままでしょう？　真衣亜はね、ミクのことを昴にとられたくないし、昴のことをミクにとられるのもいや。でも、ふたりがふたり以外の人間にとられるのは、もっとずっと、何倍も我慢できない」

言い切られた言葉にあっけにとられていると、ひまりちゃんが笑った。

「わー。ほんとにわがままだなあ真衣亜ちゃん」

「ひまりはちょっとだまってってば」

「わたしがセッティングしたんだよ？　真衣亜ちゃんが、どうしてもミク先輩の本心を聞きたいって言うからさー」

「アンタだってそう言ってたじゃない」

「そりゃそうだよ。わたしとミク先輩には、ふたりだけのひみつがあるんだから」

「それを教えなさいって言っても、教えなかったくせに！」

その会話で、真衣亜さまがここにいたのは偶然じゃないんだってわかった。

ひまりちゃんとふたりで、わたしの本心を聞きに来てくれたんだ。

昴さまについたうそに、気づいて。

わたしの、友だちたちが。

「ミク、さっき『どうしてここに真衣亜が？』って思ったでしょう」

「は、はい」

「そんなの、ミクが心配だからに決まってるじゃない」

きっぱりと言い切られた言葉に、わたしは思わず笑う。

笑ったけど、でも、また喉がふるえた。

「真衣亜さま」

「なに」

「真衣亜さま」

「なんなのよ」

「っ！」

わたしは、立ちあがって真衣亜さまにだきついていた。

やわらかな体を、ぎゅうぎゅうだきしめる。

みっともなくこぼれた涙が、真衣亜さまのふわふわの髪の毛をいびつにかざる。

「言えなくて、わたし。どうしたらいいんだろうって、ずっと、ずっと、思っててっ」

「……ええ」

「本当は、言わないとって思っていたのにっ」

「ええ」

「わたし、わたしは、」

わたしは……。

「――――すばるさまのことが、好きなんです」

伝えた瞬間、ぎゅうっと強くだきしめかえされた。

「そう」

「はい」

「そうだったのね」

「は、いっ」

「気づかなくて、ごめんなさい」

わたしは、首を横にふる。それを邪魔するように、真衣亜さまの腕に力がこもる。

真衣亜さまに、ずっとこれを言いたかった。

でも、言っても意味がないと思っていた。

叶うはずのない恋だから。

真衣亜さまが、いやがるかもとも。

でも、本当は、ずっとずっと、言いたかったんだ。

わたしの恋の話を、真衣亜さまに、親友に、聞いてほしかった。

「で?」

「え?」

「まだあるでしょう?　真衣亜に言わないといけないことが」

強気な笑顔に、また泣いちゃいそうになる。

なんて恰好いいんだろう、真衣亜さま。

「………恋人ができたの、うそなんです」

「だろうと思ってたわ！」

真衣亜さまは泣き笑いで言って、そっと体をはなす。

「昴から聞いて、おどろいた。でも、すぐになにか変だって思ったの」

「え？」

「もし仮にミクが昴じゃない相手に片想いしていたのだとして、このタイミングで恋人ができたなんて、絶対にうそだと思った」

「どうしてですか？　ひまりちゃんがなにか言ったから？」

「ばかね」

と、真衣亜さまは苦笑いする。

「ミクはそういう人間じゃないからよ。親戚のおばさまが事故にあって大変なときに、告白して恋人を作るなんてしない。真衣亜を舐めないでよね」

「真衣亜さま……」

「騙されてるのは昴くらいよ」

そう言って、真衣亜さまは背後をふりかえった。

「ねえ？」

と、同意を求めるように。

すると、ほかの席のお客さんたちが、顔をあげてこっちを見た。

「ちょっと、……このタイミングで声かける？」

「うまくまとまりそうだったし、このまま知らないふりをしていてもよかったんだが」

「まあ、作戦を考えるのに人数は多いほうがいいけどな」

そう、口々に言うのは……。

「え、え、……えええっ!?」

「おどろきすぎだよ、ミク」

と、佳月さま。

「この店は今日貸し切りにしてもらったんだ。ひまりの知り合いの店で」

と、北斗さま。

「ミクちゃんのそんな大声はめずらしいね」

と、銀河さま。

全員、眼鏡やサングラスやマスク、帽子なんかで変装しているの！

ちっとも気づかなかった！

「昴から話を聞いた真衣亜に声をかけられてね。ミクちゃんは絶対にそんなことはしない、なにかあるはずだって」

「ミクはひとりで思い詰めるタイプだしな」

「真衣亜のリーダーシップ、なかなか侮れなかったよ。当主の座を狙ってなくてよかった」

ふう、と安心したように息を吐く佳月さまに、真衣亜さまが意地悪に笑う。

「あら。いいのよ、べつに真衣亜が天宮家の当主になっても」

「「ええっ!?」」

衝撃をうけている銀河さまと佳月さまをよそに、ひまりちゃんがのんびりと言った。

「えー、真衣亜ちゃんが当主さま？」

「なによ。文句ある？」

「なんかすごそうだなって」

ひまりちゃんの言葉に北斗さまがうなずく。

「でも、案外いい当主になるかもしれない。そのときは、銀河と佳月をサポート役に使うといいんじゃないか？」

「北斗兄さん、さすがだわ。そうしようかしら」

「やめてくれ。父さんが気にいりそうなアイデアだ」

「ど、どうしよう……こんなの想定外だ……」

「――ふふっ」

思わず笑うと、みんながこっちを見る。

「あ、……ごめんなさい。楽しいなって思っちゃって」

「まあ、ミクちゃんが楽しめたならいいけど」

「待ってよミク。まさか親友だからって真衣亜が当主になればいいとか言わないよね？」

「こら、ミクに余計な面倒かけるな」

わたしは、ばかだなあ。

なんでみんなをたよらなかったんだろう。

ひとりでかかえこんで、どうしようもないって思ったりしたんだろう。

「……わたしには、天宮家の次期当主にだれがふさわしいかなんてわかりません」

みんなそれぞれに資質があるんだろう。

わたしは決めない。決められない。

「でも、たとえだれが当主になっても、ずっと天宮家を支えたいって思ってるんです」

ほほえんで言うと、みんなそれぞれに、うれしそうにしてくれた。

「じゃあ、ひとまずプリンを食べません？」

と言ったのはひまりちゃん。

「そうだな。オーダーとめてたから作ってもらおう」

北斗さまが手をあげる。

すると、奥からプリンを持って出てきたのは――――。

「み、美晴くん!?」

なんと、美晴くんだったんだ！

なんで、一体どうして⁉

パニックになりかけているわたしに、銀河さまがウインクした。

「前にミクちゃんを送っていったときに、顔を見ていたからね。ちょっとご同行いただいたんだ。僕は彼のお母さんである龍宮美琴さんとも顔見知りだし」

「銀河兄さん、それを言ったら僕ら全員顔見知りでしょ。文化祭で会ったんだから」

「彼がミクの恋人だというのなら、ミクとは家族同然の俺たちとしてはぜひとも一度話をさせてもらいたくてな」

「そうそう。彼もやっぱり当事者だからね。ミクちゃんが本当に結婚までするなら、親戚付き合いも発生するし」

天宮きょうだい、行動力の化身……！

「こわい、このきょうだい。まじで……美空が正直に言わなかったらなにされてたか」

どうやら、美晴くんはわたしが我慢しすぎてどうしようもなくかたくなになってしまったときの、保険的な意味で呼ばれていたらしい。

ということは、美晴くんはちゃんとだまっていてくれたんだ……。

「美晴くん、ありがとう。……でも今日はゲームの大会があるって言ってなかった？」

「言ってたね」

「どうして……？」

「大会のスポンサーなんだよ、うち」

と、教えてくれたのは佳月さま。

「時間をずらしてもらったんだ。『ＨＡＲＵ』がピンチヒッターで出るチームの試合は夕方からにした。ちゃんと送りむかえもするから安心してね、ミク」

「信じらんねー……金持ちまじこえーわ」

そんなことを思っていたら、だまりこくっていたひまりちゃんが、突然いきおいよく立ちあがった。

「その声！　も、も、もしかして、まだ中二なのにすでにプロ契約も目前と言われている、『はれそらチャンネル』のゲーム実況兼ピンチヒッターＨＡＲＵ!?」

「え？」

「あー、たぶんそう、俺のこと」

「ええ!?」

おどろくわたしにはお構いなしに、ひまりちゃんがはわわ……と口もとをおさえる。

「わ、わ、わたし、ＨＡＲＵのファンなんです！　あく、あくしゅ、してくださいっ」

「えー、ごめん。そういうのしてないから」

国民的アイドルからの握手をさらりと断ってる……美晴くん、もしかして、すごい？

佳月さまと銀河さまは知っていたみたいだけど、北斗さまと真衣亜さまはきょとんとしている。

「虎太郎もそんなことを言っていたけど……ひまり、なんの話をしているの？」

「真衣亜ちゃん、ＨＡＲＵ知らないの!?　動画送ってあげる！　対戦系もすごいんだけど、わたしのオススメは時代劇アクションゲームの実況でね！」

「いらないわよ。というか、あんた昴のことが好きなんじゃないの？」

「好きだよ！　でもＨＡＲＵも好きっていうか実在するんだなあというか……とりあえず見てよー！　すごいんだよ！　あれはわすれもしない去年の九月二十日の……」

HARU
Moon

ひまりちゃんがなにか語りだそうとした（ひまりちゃんってはまるとこんな感じなんだよね）瞬間、彼女のスマホがけたたましい音を立てた。

それを見て、ひまりちゃんは盛大に顔をしかめる。

「やだー！　時間切れ！　はあ……もう撮影にもどらないと」

「やっぱりお仕事忙しかったよね？　ごめんね、ありがとうひまりちゃん」

「いいんです。こんなことを聞かされて、仕事してても集中できないですもん。それに、生でＨＡＲＵも見られたし！」

プリンを食べられなかったのは心残りだけど、と笑う。

「また、こんど一緒に食べに来よう」

「ほんとですか？　約束ですよミク先輩！　それではみなさん、ＨＡＲＵさま！　よいクリスマスとよいお年を！」

ひまりちゃんは小走りにお店を出ていく。すぐ前の道にむかえに来ていた車に乗りこみ、あっという間に去ってしまった。

そして、美晴くんも「もうそろそろ準備始めないとだから」と、佳月さまが用意した車に乗って行ってしまった。

なんだか、怒涛だった……。

美晴くんもだけど、ひまりちゃんには悪いことしちゃったな……。

美晴くんに会えて、すごくうれしそうではあったけど。

「また来るならいいじゃない」

と言って、真衣亜さまがとなりにすわってきた。

ほかのきょうだいたちも、近くにすわる。佳月さまが手帳をとりだした。

「来年の年明けにならないとおじいさまは帰ってこないみたいだから、その前に作戦も立てておきたいよね」

作戦？　そういえば、さっきもそんなことを……。

「なんの作戦ですか？」

「『しきたり』を破棄してもらうためのね」

と、銀河さまがウインクする。

「ミクちゃんがむりしなくても、要するにおじいさまがしきたりの破棄に同意してくれればいいんだ。そうすれば、みんな自由だから」

「俺たちはじいさまとしきたりのことを話したことがないから、熱量がわからないんだよ。ミク、どう思う？」

当たり前にはじまった作戦会議に、胸があったかくなる。

わたしを一方的にたすけようとしているんじゃない。

対等に、一緒に戦ってくれようとしているのがうれしい。

「ありがとうございます……！」

佳月さまは、遠くを見てふっと笑った。

「まあ、昴とミクのことには、僕たちは口だしはしないけどね」

「というか、できないしな」

「ミクちゃんには悪いけど、そのあたりは当人同士でって感じだね」

「え……？」

きゅ、急に冷たい……！

まあうそをついてしまったのはわたしだし、わたしがあやまるしかないんだけど……。

………。

…………。

あれ、待って？

みんな、最初から喫茶店の中にいたんだよね？

つまり、わたしたちの話を聞いていたっていうことで。

わたしが真衣亜さまに言ったことも、聞かれていたっていうことで。

ううん。でも、そんなに大きな声ではなかったし。

わたしは、おそるおそるたずねた。

「あの……さっきの、わたしが昴さまのことを言ったの、聞こえていましたか？」

すると、真衣亜さま以外の全員が（本物の店員さんまで！）、明後日の方向をむいて、

わたしから目をそらしてしまった。

「……まあ、ミクの気持ちがそうなら、しかたがないよね……」

「あ、ああ……」

すねたような佳月さまの言葉に、顔がどんどん赤くなるのが自分でわかる。

それを見て、真衣亜さまが笑った。

「真衣亜は口だしするわよ。ミクの親友で昴の双子の妹だもの」

「真衣亜さま……！」

「まず、ミクは今年中に昴にうそだったってあやまること！」

「む、むりです……！」

「むりじゃないわよ。昴、年末まで予定ないわよ？　ミクも空いてる日があるってあの、さっきの子に聞いたもの」

「で、でも……」

でも、そんなの、むりだよ……。

だってわたし、こわがりだもん。臆病者なの。

うそをつきましたって、言うのがこわい。

どうしてなのか説明するのも、こわい。

昴さまの夢の邪魔をするのが、こわい。

昴さまからきらわれるのが、こわいんだ。

真衣亜さまはぼそりと「じれったいわね」とつぶやいた。

「虎太郎が電話で言っていた意味がわかるわ」

「え？　なんですか？」

「こっちの話。……ねえ、ミク、こっちに来て」

真衣亜さまは、わたしをいちばん奥の席までひっ張っていった。ほかの人たちに聞こえないように、小声で話しだす。

「もしも逆の立場だったらどう思うの？」

「逆の……？」

「そう。昴とミクの立場が逆だったら。もしも昴が、ミクのためにそうやってうそをついていたら？　こんなに悩んでたら、ミクはどう思うのよ」

「そんな……そんなの……」

そんなのありえない。

だって、昴さまはすごく頭がよくて、きっとわたしの立場になったとしても冷静に、完璧に解決するだろうってわかるから。

でも、でもね。

でも、もしも、昴さまが、同じように、わたしのために心をまげるとしたら。

「そんなの、いや……」

泣きそうになりながらささやくと、真衣亜さまがコツンと額をぶつけてきた。

「真衣亜ね、ミクのことが好きよ。ミクは自分をこわがりだって言うけど、そんなことない。ミクは強い」

「…………」

「ミクは、自分のまちがいだったり、悪いと思ったことをあやまれるでしょう？　それってすごいことなの。真衣亜にはムリ。すぐに人のせいにして、逃げたくなる」

だから、と真衣亜さまは言った。

「だから……ミクには、素直でいてほしいって思うの」

「真衣亜さま……」

「昴に告白しろなんて言わないわ。でも、昴のためにうそはつかないでほしい。昴のために、真衣亜の好きなミクを捨てないでほしいの」

そのとき、わかったんだ。

わたしのこのうそは、昴さまのためじゃない。自分のためだったんだって。

自分が傷つかないために、うそをついていたんだって。

昴さまにきらわれるのがこわくて。

昴さまの迷惑になるのがこわくて。

そうやって、昴さまのせいにしていた。

本当は、わたしの、わたしだけの心の問題だったのに。

「真衣亜ね、昴に言ったの。『真衣亜の知ってる昴はね、負けずぎらいで、努力家で、欲しいと思ったものがあったら、叶えたい夢があったら、死ぬほどがんばる人よ』って。

……ミクは、どう思う？」

「……そのとおりだと思います」

そんな昴さまを好きになったんだ。

真衣亜さまはほほえむ。いままで見たことがない、お姉さんみたいなやさしい顔で。

「昴と会って、ミク。なにもこわくないわ」

ヤドリギの下で

『話したいことがあります。ご予定はいかがですか』

そのメッセージに、昴さまから返信があったのは、クリスマスイヴの朝だった。

ちなみに、送ったのも今朝。返信は五分以内だった。

昴さまの予定は、いつなら空いているのかが書かれたメッセージ。

その候補の中に、今日の昼すぎというのがあった。

今日誘って、今日……。

でも、明日は龍宮のおじさまが帰国して、あさっては昴さまの予定が空いていない。しあさってはおばさまの退院の日。そしてどんどん年末に近くなる。

今年中に会おうと思ったら、今日がベストなのかも。

「美晴くん、今日はお昼からクリスマス会に呼ばれているんだよね？」

「うん。夕方まで帰らないから」

「そう……」

「さみしいんなら、あっちの家に行けば？　そしたら俺も友だちのとこに泊まるし」

「だめだよ急に。それに、夕食の材料も買ってあるんだし」

そう言うと美晴くんは軽く肩をすくめた。

「で、どっか行くの？」

「そうしようかなと思って。わたしも夕食までには帰るよ」

「じゃあ鍵持って行く」

美晴くんはうなずいて、洗濯物を干してくれた。

家事は、分担してやっているんだ。

あとは、おじさまの布団を干したり、ちょっとした掃除をしておこう。

家事の切れ間で、ぼんやりと考える。

昴さまは、用件の書いていない連絡になにを思っただろう。

やっぱりね、わたしは、昴さまにこの恋を告げるつもりはないんだ。

本当にわがままで自分勝手だと、自分でも思う。

うそをついたことは、正直にあやまる。

でも、告白はしない。

天宮のおじいさんがしきたりを破棄してくれても、くれなくても、昴さまの夢がお医者さんであるかぎり。ううん。昴さまの心を乱す可能性がある限り、わたしはこの気持ちをかくしつづけるだろう。

関係性を壊したくないから虎太郎くんに告白しない、と言っていた真衣亜さまを思いだす。

その気持ちがいまは痛いほどわかる。

仲のいい女の子から告白されたら、昴さまじゃなくても気まずいよね。

わたしは昴さまと前のように笑いあいたいんだ。

昴さまから、前みたいに気軽に話しかけられたい。

だから……わたしも、前と同じように昴さまに接しよう。

だって、叶う見こみのない恋なんだから。

そうこうしているうちに美晴くんは出かけ、昴さまからは「じゃあ駅前で」と短い返事がとどいていた。

お昼すぎ、待ちあわせたのは龍宮家と天宮家の真ん中あたりの駅だった。

イルミネーションが有名なけやき並木が近くにあって、それに合わせるようにこの駅周辺もイルミネーションでにぎわっている。

とは言っても、この時間ではまだ明かりはついていない。

待ち合わせの五分前。昴さまは、もう来ていた。

「美空！」

と、ほっとした様子で、わたしに手をあげ合図する。

「人が多いな。ちょっと歩かないか？　あっちに公園があるから」

「はい」

前と同じような、でも、どこか緊張したような声だった。

わたしも、そうかも。

昴さまと一緒にいると、いつも緊張していた。

でも、あのときめきと、いまの緊張は、同じ緊張でもまったくちがうもの。

昴さまがちらりとわたしを見る。

「大丈夫か？　はぐれるなよ」

「は、い」

「ほら」

と、差しだされた手が、ためらうひまもなくわたしの手を握る。

やっぱり来なければよかった、と、一瞬思った。

会うのが早すぎた。

やさしい声で、やさしい目で言われたら、眠らせたはずの気持ちが、目を覚ましそうになってしまうから。

告白するつもりはないのに、それはだめだよ。

昴さまが連れてきてくれたのは、大きな公園の、大きな木の下のベンチだった。

公園の奥のほうでは、クリスマスマーケットが開催されているみたい。

大勢の人間が、笑いあいながらそちらへむかって歩いてゆく。

楽しそうだなあ。

昴さまは近くのキッチンカーで、ココアを買ってもどってきた。

ふたつ持っているうちのひとつを、差しだしてくれる。

寒いけど、温かい。

「急にごめん。家のこととか、大丈夫だったか？」

「はい。おばさまの退院はしあさってですし、おじさまの帰国は明日で」

「……あの、美晴っていうやつは？」

「美晴くんも今日はクリスマス会に呼ばれているので、大丈夫です。家にいてもわたしひとりだったんです」

「は!?」

だから気にしなくても大丈夫というつもりで言ったのに、昴さまは表情をくもらせた。

「美空をひとりにしたのか？　クリスマスイヴなのに？」

「あ、その……」

「恋人、なのに？」

まるで怒っているかのように、昴さまが言った。

それから、ふと、切りこむような鋭さで。

「本当に付き合ってるんだよな？」

「あの……」

「なんか、美空から屋上で言われたときは、動揺してて……悪い。態度悪かった」

「いえ、その……」

言いよどむわたしを制して、昴さまはつづける。

「でもさ、なんか、美空らしくないと思ったんだ。おばさんが事故にあって、そんなときに、って言ったら変だけど。いや、責めてるつもりじゃなくて、美空にも考えがあったんだろうし、俺の知らない……会話とかやりとりとかも、あったんだろうし……」

ああ、昴さまは、わたしのことをわたし以上に理解してくれている。真衣亜さまも言っていたそれが、その言葉がうれしいのは、かくせない。

「……真衣亜さまにも、言われました」

「真衣亜に？」

「らしくないから、すぐにうそだってわかったって」

「うそだってわかった？」

わたしは、小さく息を吸う。

ココアのカップを両手で包んで、となりにすわっている昴さまに頭をさげる。

「すみません。うそをつきました。恋人ができたって、うそです」

「うそ……？」

「しきたりのことで、昴さまになにも気にしてほしくなくて。わたしが、ほかに恋人がいるってなれば、安心してくれるんじゃないかと思って……それで……」

「――――お、まえ、なあ……」

昴さまは低くうめいて、頭をぐしゃぐしゃかきむしった。

そんな仕草を、はじめて見た。

「俺が、どれだけ悩んだと……」

「本当にすみません！　わたしは、昴さまのことをすごく、すごく尊敬していて……」

あ、だめだ、これは言いわけだ。

言いわけなんてしちゃいけない。

でも、わたしがどれだけ昴さまのことが大切なのかは、知っておいてほしくて。

恋心は知らせないから。

どうか。

「わたしは、昴さまの夢が好きです。夢にむかって努力している昴さまに、いつも勇気をもらっています。昴さまに安心してもらいたかったんです。……昴さまは、お医者さんになるんだから。天宮家の当主になるわけにはいかないんだから。だから……わたしに恋人がいるって知ったら、安心してくれるかもって」

すっと息を吸うと、泣きそうになってしまった。

「前みたいに、話をして……笑ってくれるかも、って……」

「……美空、」

「すみません、こんなこと。わかってるんです。わたしのエゴだって」

あきれてしまったよね、こんなこと。

でもそれは、わたしにとってはとても大切で、大きなことだったんだ。

「……じゃあ、ぜんぶがうそなのか？　ずっと好きな人がいるって」

「それは……」

ツキン、と胸が痛んだ。

ツキン、ツキン……まるで、胸の奥でなにかが頭をもたげて、蓋をおしあげようとしているかのように。

「美空」

「好きな人がいるのは本当なんです……っ」

思わず言うと、昴さまが息をのむ。

ココアがゆれて、甘いにおいが鼻先をかすめる。

「それは本当で、でも、ずっと、わたしの片想いで、だから……」

「相手は？」

思いがけず問われて、わたしは思わず顔をあげる。

昴さまの顔が、すぐ近くにある。

「相手は……」

「…………」

「い、えません」

「なんで」

「どうして、そんなことを聞くんですか」

「聞きたいから」

昴さまは、まっすぐにわたしを見ている。

「美空がだれのことを……どんな相手のことを好きになったのか、ちゃんと知っておきたいから」

「なんで……」

昴さまのまなざしが、ゆるんだ。

「なんで、だと思う？」

そう言って、昴さまはわたしの顔に手をのばす。

ふれるかふれないかの距離で、指先でほおをなでるように。

「なんでだと思う？　美空」

どきんっと心臓がはねて、わたしの胸をめちゃくちゃにたたく。

昴さまが、深く息を吸った。

「俺、美空に言いたいことがあるんだ」

そして、はっきりと。


「好きだ」


「え……？」

「俺、美空のことが好きなんだ」

なにを言われたのか、わからなかった。

そんなの、あるわけない。

あるわけないよ。

だって、昴さまが。

あの、恰好よくて、すごくて、努力家で、将来の夢にむかってまっすぐ走っている昴さまが、わたしのことを……好き、なんて。

なのに、昴さまの表情はそれが本当だって伝えてくる。

わたしが昴さまを想うのと、同じ「好き」なんだって。

「だ、め、です……」

「どうして」

「だって、昴さまには、夢が……」

「関係ない」

昴さまの声は、強かった。

「俺の夢は、俺が美空を好きな気持ちをあきらめる理由にはならない」

「昴さま……」

「好きだ。美空のことが、好きだ」

昴さまの手が、見えるはずのないネックレスに、コートの上からそっとふれた。

「だから、美空が好きな相手のことを知りたい」

その瞬間、だめだ、と思った。

だめだ。だめなのに。

あふれてしまう。

気づかれてしまう。

「……美空」

ああ、ほら。

昴さまの、こえ、が。

「だめ」

「美空」

「だめです、そんなの」

彼から逃れるように体をひくと、そっと両手をとられる。ココアのカップごと、やさしく、強く、握られた。

「……どうして、だめなんだ？」

「だって、そんなの、昴さまの夢が……」

「美空、俺はおまえの気持ちを知りたいんだ。俺の夢も、しきたりも、なにも関係ない。いま目の前にいる美空の気持ちを、俺は知りたい」

「昴さま……」

「美空、俺を見て」

静かに言われて、おそるおそる視線をあげる。

「美空が好きなのは、だれなんだ？」

あ、と、思う。

昴さまの目に、わたしがうつっている。

ほかのだれでもない、ただの美空が。

昼の空に、わたしの心に、わたしの世界に、星がかがやく。

「――――昴さま、です」

ほとんど無意識にささやいた瞬間、昴さまは息をのんだ。

でも、とめられない。

「昴さまのことが、好きなんです」

本当に？　と、昴さまがつぶやく。

「本当です……でも、だから……」

「なあ美空。だれが、医者と当主の両方ともをできないなんて決めたんだ」

「え？」

昴さまは自信をにじませた笑顔で言う。

「しきたりなんてどうでもいい。でも、もしもどうしてもそれが必要になるのなら、俺は天宮家の当主になるし、夢も叶える。絶対だ。だから……」

強いかがやきを宿したまなざしがわたしを捕まえる。

「俺と、付き合ってほしい。恋人になってくれ。――美空」

わたしは、やっぱりそんなことはできないと思って。でも、どうしても、いやだなんて言えなくて。

だって、昴さまのことが好きだから。

眠らせた想いが、あふれだして、わたしを満たす。

「はい。……昴さま」

しずくのようにゆれる、明かりのついていないイルミネーションの下で。だれにも見えないようにかくしあう視界で、彼の顔が限界まで近づく。

ちいさく名前を呼ばれて、そして――――。

少しして、顔をあげた昴さまがふっと笑った。たまらない笑顔で。

「顔真っ赤」と、わたしの鼻をつつく。昴さまだって、ほおが赤いくせに。

「美空はまだ時間あるか？」

「は、はい」

「じゃあ、クリスマスマーケット回らないか？　デートしたい」

「はいっ」

昴さまの手を握って、わたしは歩きだす。

昴さまとふたりで、この先へと。

未来へと。

天宮家で、これからも

朝の十時。

長い髪の毛を、邪魔にならないようにお団子にする。

クラシカルな黒いワンピースに、白いエプロンをつける。

鏡の前でほおをもんで、そして——。

「よしっ」

気合いを入れたところで、厚いドアが軽くノックされた。

「美空、準備はいいか？　そろそろじいちゃんが着くって」

「はい！」

今日は一月三日。天宮のおじいさんが天宮家に帰ってくるんだ。

わたしもそれに合わせて龍宮家からもどったところ。おばさまは退院できたけど、まだお手伝いしたいから、冬休みが終わるくらいまではあっちにいる予定だけどね。

ドアをあけると、わたしの姿を見た昴さまは、顔をしかめた。

「なんでメイド服に着替えてるんだよ」

「このほうが気合いがはいるので。……だめでしたか？」

「美空がそれがいいなら、いいけどさ……」

いいと言いながら、なにか言いたいことがありそうだ。

不思議に思っていると、昴さまの手がわたしのほおに軽くふれた。

「す、昴さまっ！」

びっくりしてのけぞると、昴さまはくすくす笑う。

あっ……からかわれた！

「もう……」

恋人になってからまだ数日だけど、昴さまの態度がすごく甘いから、困ってしまう。

それに、来月にはまた一緒に、星子さんの病院に行く約束もしたんだ。

「悪い悪い。休みなのに着替えてると思わなくてさ。その恰好見るのも久しぶりだし」

たしかに今日はお休みだけど……でも、この恰好がいい気がした。

いまから、天宮のおじいさんに会って、お願いをするから。

ついにこの日が来たんだ。

しきたりをなくしてほしいと、おじいさんに直談判する日が。

大丈夫、だよね？

きっと、おじいさんにもわたしたちの気持ちをわかってもらえるよね。

急に不安になったわたしに気づいたのか、昴さまがやさしく手を握ってくれた。

「その恰好も好きだよ。だけど、さっきまでの私服もよかった。似合ってた」

「……ありがとうございます」

じゃあ、あとでまた着替えようかなと思ってしまうわたしは現金だ。

「行こう、美空」

「はい。昴さま……！」

「天宮家と宮地家のしきたりを、なくしてください」

「「「「お願いします！」」」」

その言葉に、天宮のおじいさんは首をかしげて顎をなでた。

どうなるだろう……どきどきする胸をおさえつつうかがうと、おじいさんはなにか考えるように目を細めている。

「お願いします、おじいさま」

「――――正月から、一体どんなプレゼントをねだられるのかと思えば……」

「じいさま」

「おじいさま」

「お願い、おじいさま」

「じいちゃん。……どうか、お願いします」

「いやはや……」

おじいさんは頭をさげた孫たちを見て、それから、わたしのほうを見た。

「美空ちゃんも、やっぱり同じ気持ちなのかい？」

「はい」

まなざしが、試すみたいな色を帯びる。

「天宮家の当主を、きみの好きな人にできるんだよ？　この家も、たくさんの会社も、そこで働く人々も。その利益は欲しくない？」

「いりません。わたしには……その責任を負うことができませんから」

「…………」

「お役にたてず、申しわけなく思っています」

静かに頭をさげると、おじいさんは小さく笑い声を立てた。

「責任、か。……僕は、きみをしあわせにしたいだけなんだが」

「それなら、もうじゅうぶんしあわせを頂いています」

「うん？」

わたしはみんなを見た。

天宮家の長男、王子さまのように完璧で、でもじつはさびしがり屋で繊細な銀河さま。

天宮家の次男、剣道の達人で孤高の剣士なんて呼ばれているけどやさしい北斗さま。

天宮家の三男、人見知りだけどやさしくて、とても大きな夢を持っている昴さま。

天宮家の長女、妖精のような美少女なのに、とっても気が強い真衣亜さま。

天宮家の四男、小学生なのにとてもしっかり者で、努力家の佳月さま。

天宮家のきょうだいが、わたしを見る。

わたしも、彼らの顔を見つめかえす。

「ありがとうございます。わたしをこのおうちに連れてきてくださって。わたしを、天宮家の人々と知りあわせてくださって」

「美空ちゃん……」

「おばあちゃんのぶんまで、わたしをしあわせにしてくださって、ありがとうございます。おじいさま」

とっておきの笑顔でそう伝えると、おじいさんもにっこりと笑った。

「そうか」

と。そして――。

「時代はかわる。なら、いまを生きるきみたちが望むとおりにしよう」

みんなが息をのむ。

おじいさんは――天宮家の先代当主さまは、孫たちをもう一度見まわして、そして、わたしを見て、威厳に満ちた声ではっきりと言った。

「天宮家と宮地家の婚姻と当主に関する『しきたり』は、いまこの瞬間をもって効力を失い、破棄される。……でも、美空ちゃんは僕の大切なお客さまとして、この先も本人が望む日までこの屋敷に居つづけることができるものとする」

その言葉を聞いた瞬間、みんながわっと歓声をあげてわたしにだきついてきた。

やったやった、と声をあげてよろこんでくれて。

わたしも、とてもうれしくて、たくさんお礼を言って。

こっそりと昴さまを見ると、昴さまも、わたしに笑いかけてくれる。

そのことに気づいたきょうだいたちが、昴さまを問い詰めはじめて。

天宮家に、わたしの世界に、明るい笑い声がひびく。

「さあ、話が終わったなら、みんなで初詣にでも行こうか」

おじいさんの言葉に、真衣亜さまがパチンと手をたたく。

「ねえおじいさま、友だちを誘ってみてもいいかしら？　虎太郎と、ひまりと……ミクの親戚の子とかも」

おじいさんはにっこりと笑った。

「ああ、もちろんだよ。連絡して、準備をしてくるといい」

促されて、天宮きょうだいがおじいさんの書斎を出ていく。

そして、最後に部屋を出ようとしたわたしを、おじいさんが呼びとめた。

「美空ちゃん。……いま、しあわせかい？」

その目が、懐かしいものを見るようで、でも、うれしそうでもあって。

わたしは、笑う。

笑って、うなずく。

昔はあれほどむずかしかった笑顔が、自然とうかんでくる。

「ええ、とっても！」

あとがき

こんにちは、白井ごはんです。

『天宮家の王子さま』は、このお話でおしまいとなります。

最終巻はいかがでしたでしょうか？

楽しんでもらえたかな？


今回のお話は、美空と、彼女の恋がメインです！

ついにここまで来ちゃいました！

しきたりをどうするか、美空の恋はどうなるのか。ここをずっと書きたかったので、ついに書けてうれしいような、でも書いてしまうと終わりなので、さびしいような……。

そして存在や名前だけ出ていた双子のお母さんと、美空の親戚の美晴もついに登場！

彼らのことや、真衣亜と虎太郎のこと、ひまりや、天宮きょうだいたちのこと。

書ききれなかった彼らの物語。そして美空たちの物語は、このあともずっと続いていきます。けんかをしたり、なにかトラブルがあっても、きっと力を合わせて乗り越え、しあわせになってくれるでしょう。どんなことがあるか、想像してくれるとうれしいな！

今回のお話でもとってもお世話になった担当編集さま、編集長さま、そしてみらい文庫編集部のみなさん。

第一巻からずっと、素晴らしいイラストで美空たちに命を吹きこみ、共に彼女たちの成長を見守ってくださったひと和先生、最後までどうもありがとうございました!!

そして、『天宮家の王子さま』を読んでくれたみなさん、本当にありがとうございました!!

また、どこかでお会いできればさいわいです。

令和六年十二月　美しい空にすばる輝く日に　白井ごはん

※白井ごはん先生へのお手紙はこちらに送ってください。
〒101―8050　東京都千代田区一ツ橋2―5―10
集英社みらい文庫編集部　白井ごはん先生係

11
イラストレーター
あとがき
宮地美空という
素敵な女の子とその物語を
描く事ができて光栄でした！
最後まで
読んでくれて
本当にありがとう…!!

集英社みらい文庫

天宮家の王子さま

メイドのわたしの王子さま

白井ごはん　作
ひと和　絵

ファンレターのあて先
〒101-8050　東京都千代田区一ツ橋2-5-10　集英社みらい文庫編集部
いただいたお便りは編集部から先生におわたしいたします。

2024年12月18日　第1刷発行

発行者　今井孝昭
発行所　株式会社 集英社
〒101-8050　東京都千代田区一ツ橋2-5-10
電話　編集部 03-3230-6246
読者係 03-3230-6080
販売部 03-3230-6393（書店専用）
https://miraibunko.jp
装　丁　+++ 野田由美子　中島由佳理
印　刷　TOPPANクロレ株式会社　TOPPAN株式会社
製　本　TOPPANクロレ株式会社

ISBN978-4-08-321884-2　C8293　N.D.C.913　186P　18cm

ひとりぼっちだった美空の前にあらわれたのは、まるで映画俳優みたいなおしゃれなおじいさん。「ぼくと一緒に来てくれるかな？」と言われて、いきなり大富豪の天宮家のメイドをすることに!!

だけど、天宮きょうだいはクセモノぞろいで……!?

家康から十五代続いた
徳川将軍の本拠地・江戸城。
その奥には将軍の妻たちが暮らす
絢爛豪華な「大奥」があった。

将軍を支え「大奥」に生きた女たちの物語――！

大人気
『戦国姫』の
藤咲あゆな先生
&
マルイノ先生
がおくる！

お万の方物語

くわしくは
小説を
読んでね！

「みらい文庫」読者のみなさんへ

言葉を学ぶ、感性を磨く、創造力を育む……、読書は「人間力」を高めるために欠かせません。

たった一枚のページをめくる向こう側に、未知の世界、ドキドキのみらいが無限に広がっている。

これこそが「本」だけが持っているパワーです。

学校の朝の読書に、休み時間に、放課後に……。いつでも、どこでも、すぐに続きを読みたくなるような、魅力に溢れる本をたくさん揃えていきたい。読書がくれる、心がきらきらしたり胸がきゅんとする瞬間を体験してほしい、楽しんでほしい。みらいの日本、そして世界を担うみなさんが、やがて大人になった時、「読書の魅力を初めて知った本」「自分のおこづかいで初めて買った一冊」と思い出してくれるような作品を一所懸命、大切に創っていきたい。


そんないっぱいの想いを込めながら、作家の先生方と一緒に、私たちは素敵な本作りを続けていきます。「みらい文庫」は、無限の宇宙に浮かぶ星のように、夢をたたえ輝きながら、次々と新しく生まれ続けます。


本を持つ、その手の中に、ドキドキするみらい――。

本の宇宙から、自分だけの健やかな空想力を育て、〝みらいの星〟をたくさん見つけてください。

そして、大切なこと、大切な人をきちんと守る、強くて、やさしい大人になってくれることを心から願っています。

２０１１年　春

集英社みらい文庫編集部